KB160064

CEO
아빠의
부모수업

CEO 아빠의 부모수업

사교육 없이 네 자녀를 수재로 키운 교육 비결

김준희 지음

나무를 심는 사람들

아이를 끝까지 믿고 또 믿어 주기

—

박혜란(여성학자, 공동육아와 공동체교육 이사장)

내가 아이를 키우던 때에도 그랬다. 너처럼 아이를 믿고 내버려 뒀다 간 나중에 큰일 난다. 지금은 예전 네가 자라던 시절과는 완전 딴 세상 이다. 그때는 아이를 내버려 둬도 각자 알아서 클 수 있었지만 지금은 어림없다. 무한 경쟁시대이기 때문에 부모가 온 힘을 바쳐 뒷바라지를 해야 겨우 살아남을 거라고.

때론 겁이 나서 흔들리기도 했으나 난 소신을 꺾지 않았다. 혹시 공부는 뒤떨어질지 모르지만 자유롭고 행복하게 살 거라며 아이들을 믿고 그들이 스스로 자라는 모습을 지켜보는 것만으로도 즐거웠다. 주위에서 걱정했던 큰일은 일어나지 않았고 아이들은 내가 믿었던 것보다 훨씬 잘 자라 주었다.

사교육을 시키지도 않았는데 세 아이가 모두 이른바 명문대에 들어간 덕에 난 '아이를 잘 키운 엄마'라고 소문이 났고, 아들 셋 다 마흔을 넘어 아재가 된 지금까지도 여전히 아이 키우기의 한 수를 가르쳐 달라는 요청을 받고 나는 전국을 누비고 다닌다.

내가 만나는 사람들은 대부분 영유아에서부터 초등학생을 자녀로 둔 3,40대 여성들이다. 옷차림은 점점 세련되어 가고 학력도 나날이 높아지는 게 눈에 띄지만 어찌 된 셈인지 그들의 '엄마노릇'에 대한 자신감은 좀처럼 올라가지 않을뿐더러 오히려 불안감만 점점 증폭되는 것 같아 늘 안쓰러운 마음이다.

그들이 나를 만나고 싶어 하는 이유가 솔직히 무언지 난 잘 알고 있다. 어떻게 아들 셋을 그 어렵다는 명문대에 들여보냈는지 '콕 짚어서' 알려 주기를 바라는 것이다. 그런 엄마들 앞에서 내가 할 수 있는 이야기는 그저 책에 썼던 대로 '맘껏 놀게 하고, 제 일 제가 알아서 하게 하는 것'뿐이니 얼마나 '재수 없는 엄마'처럼 보일까. 게다가 '나도 아이들이 어떻게 그렇게 공부를 점점 잘하게 됐는지 잘 모르겠다'고 하니 놀림을 당한 기분이 들지도 모르겠다.

그래서 그들은 내게 항변한다. 당신이 아이 키울 때는 그나마 순진한 시절이라 그렇게 해도 통했는지 모르지만 지금은 천만의 말씀이라고. 요즘은 부모가 용의주도하게 뒷받침해 주지 않으면 아이는 낙오할 게 뻔하다고. 그러므로 부모가 아이에게 올인해야 한다고. 이런 말을 듣다 보면 예전이나 지금이나 엄마들은 왜 이렇게 똑같을까 싶어서 신기할 지경이다. 아마 경제는 더 이상 성장하지 않고, 좋은 일자리는 갈수록 줄어들고, 따라서 좋은 학교를 나와도 취업이 보장되지 않을 뿐더러 일단 취업했다 하더라도 오래가지 못하는 데다 누구나 오래 살게 된 세상이 왔기 때문일 것이다. 세상이 불확실해질수록 믿을 건 공부요, 부모의 의무는 아이들이 딴 생각 못하도록 학업과 시간을 관리해 주는 것이라고 믿는 부모들이 너무나 많다.

하지만 내 생각은 다르다. 이렇게 불확실한 세상일수록 믿어야 할 건 세상을 헤쳐 나갈 아이 자신의 힘이 아닌가. 스스로 생각하고, 스스로 공부하고, 스스로 계획하고, 스스로 관리할 수 있는 힘이 없으면 기나긴 인생을 어떻게 버텨 낼 수 있을까. 부모는 자녀의 삶을 끝까지 보호해 줄 수 없는 법이다.

이미 도래한 4차 산업혁명시대에서 환영받는 인재는 자립심이 강하고 창의성과 상상력이 풍부한 인간이다. 그런 인재로 키우기 위해선 부모가 먼저 아이들로부터 독립하고, 아이가 제 힘으로 자랄 수 있도록 한발 물러서서 지켜보아야 한다.

그래도 미심쩍어할지 모를 부모들에게 『CEO 아빠의 부모수업』을 추천할 수 있어 얼마나 반가운지 모르겠다. 이 책은 중견기업의 전

CEO였던 아빠가 서울을 벗어난 교외에서 사교육 없이 네 자녀를 키우면서 겪었던 경험과 생각을 진솔하게 풀어낸 이야기이다.

주위의 우려에도 불구하고 네 아이들은 모두 불편한 환경에서도 즐겁게 자율적으로 공부하고 스스로 진로를 선택하여 원하는 목표를 이루었거나 이루어 가는 중이다. 넷 다 공부를 잘할 뿐만 아니라 집안일에도 적극 참여하고 경제관념도 투철한 데다 형제간 우애도 깊다. 그들의 성장과정은 이야기만 들어도 흐뭇하고 대견하다.

글을 읽어 나가다 보니 혹시 내가 쓴 책이 아닌가 잠시 헷갈릴 정도로 저자의 생각과 태도가 나와 비슷한 것 같았다. 다만 다른 점이 있다면 저자가 나보다 훨씬 사려 깊은 성품을 가졌다는 것과 나하곤 달리 아빠와 엄마가 함께 육아를 나누었다는 사실이다. 내 세대의 아빠들은 대부분 무조건 아이가 성공하기를 바라면서도 육아에는 무심했기 때문에 엄마들 혼자 애면글면하는 게 일반적이었다.

저자 부부는 둘 다 자녀에 대해서 관심은 가지되 간섭은 안 하는 쿨한 태도를 일관되게 견지한 지혜로운 부모였다. 엄마는 아이들이 자연 속에서 자유롭게 배우도록 과감히 이사를 단행했고, 아빠는 아이들에게 공부하라는 말 대신 책을 많이 읽히는 방법으로 아이 스스로 공부가 재미있다는 것을 경험하도록 기다려 주었다. 맘껏 뛰어놀게 하면서도 자연스럽게 인성과 지식을 쌓도록 안내해 준 것이다.

웃기는 얘기일지도 모르지만 책 한 권을 다 읽은 후 난 비로소 우리 아이들이 어떻게 해서 공부 잘하는 아이가 되었는지 확실히 알 것 같았다.

첫째로는 장르를 불문하고 닥치는 대로 책을 많이 읽었던 것이 비결이었다. 저자가 그랬듯 나 역시 만화건 잡지건 소설이건 무엇을 읽든 간섭하지 않았다. 다양한 책들을 읽는 가운데 아이들은 개념을 파악하고 적용하는 능력이 자랐나 보았다. 독서는 '가성비가 가장 좋은 학습법'이라는 저자의 말에 전적으로 동의한다.

둘째로는 다른 아이들과 비교하지 않고 아이들의 가능성을 진심으로 믿어 주었기 때문에 아이들은 자신에 대한 자부심을 잃지 않았다. 어렸을 때 시험점수가 잘 안 나와도 주눅 들지 않았다. 반면 독서의 내공이 쌓여 감에 따라 시간이 갈수록 공부에 대한 자신감도 점점 커 갔다.

그리고 무엇보다 어렸을 때부터 엄마가 냉정하리만치 '네 인생은 네 꺼'라는 사실을 강조함으로써 아이들이 공부를 왜 해야 하는지 스스로 납득하게 만들었다.

이만하면 '내 아이 공부 잘하게 만드는 비법'을 콕 짚어 말한 셈이 아닐까.

하지만 이 책은 단순히 아이들을 공부 잘하는 아이로 키우는 법을 가르쳐 주는 안내서가 아니다. 아이의 인생에 지나치게 끼어들면서도 미래에 대한 불안감으로 주눅이 든 요즘 부모들에게 보다 느긋하고 자신 있게 아이들을 키워도 괜찮다고 위로하는 치유서다.

저자는 이렇게 말한다.

"아이는 무엇을 잘해서가 아니라, 부모 곁에 있는 것만으로 기쁨을 준다. 이 세상에 존재하는 것만으로도 매일 감사할 일이다."

내 아이를 끝까지 믿어 주는 것, 부모가 할 일은 그것으로 충분하다.

차 례

추천사 · 4
프롤로그 · 13

1장

부모가 바뀌면 아이도 바뀐다

공부는 왜 시키세요? · 25

정말 필요한 것은 '지식 소화 능력' · 31

아이를 키우면서 유념했던 세 가지 · 36

선택은 너의 것, 책임도 너의 것 · 41

공짜는 없다 · 46

타이거 맘이 될 건가, 스칸디 맘이 될 건가 · · · · · · · · · · · · · · · 51

2장

공부 근육 만들기, 책 읽기로 시작하다

강남은커녕 김포로 이사를 간다고? · 61

책 읽기가 가장 쉬웠어요 · 66

꿀 바른 책 · 71

책 많이 읽으면 좋은 대학 갈 수 있어요? · · · · · · · · · · · · · · · · 76

글쓰기와 논술, 독서로 완성하다 · 81

같은 책을 반복해서 읽을 때 나타나는 효과 · · · · · · · · · · · · · · · 86

황금알 낳는 거위의 배를 가르지 마라 · · · · · · · · · · · · · · · · · · 91

간 큰 부모가 되지 않으려면 · 97

3장

아이 공부 근력을 키우는 7가지 비결

스스로 깨치는 기쁨을 느끼게 하라 · 105

누군가를 가르쳐 보게 하라 · 110

내재적 동기를 불러일으켜라 · 115

자기 유능감을 키워 줘라 · 121

자신만의 시험 대비 전략을 세우게 하라 · · · · · · · · · · · · · · · · 126

국어, 영어는 '요약하기'를 하게 하라 · · · · · · · · · · · · · · · · · · · 131

수학은 끝까지 포기하지 않게 하라 · 136

4장

학원에서는 절대 길러 줄 수 없는 아이의 인성

인성이 실력이다 · 149

좁은 길도 함께 가면 넓어진다 · 154

부모를 보면 아이 인성이 보인다 · 158

아이도 처음, 부모도 처음 · 162

대학은 인생의 목표를 향해 가는 과정일 뿐 · · · · · · · · · · · · · · · 167

5장

자식은 부모의 머리보다 태도를 닮는다

농사짓는 엄마의 저녁 8시 · 175

은밀하게, 위대하게 · 180

내가 한 선택이라 후회하지 않아요 · 185

사라진 80칼로리는 어디로 갔을까? · 190

논리로 설득하면 지갑을 열었다 · 195

거칠게 배우고 크게 파악한다 · 200

끝까지 믿어 주는 사람, 그 이름은 부모 · · · · · · · · · · · · · · · · · · · 204

에필로그 · 210

공부는 마라톤 같은 것

웅진씽크빅과 능률교육의 대표이사로 일할 때 수차례 인터뷰를 요청
해 온 기자가 있었다. 회사 일이 잘될 때는 자랑하면 행여 과장된 것으
로 보일까 봐, 어려울 때는 힘든 내색을 하기 싫어 계속 사양을 했었다.
그런데 내가 경영 일선을 떠난 뒤에도 다시 인터뷰를 하고 싶다고 해
서 그러자고 했다.

흥미롭게도 이번에는 인터뷰 주제가 회사 경영과 관련된 것이 아니
라 자녀교육이었다. 기자는 우리 사회가 너무 획일적인 성공 기준을
갖고 있어서 교육이 왜곡되어 가는 현실을 안타까워했다. 그는 내가

서울을 떠나 김포에서 아이 넷을 키운 것이 우리 사회에 필요한 다양한 성공 기준을 찾아보려는 취재 방향과 잘 맞는 것 같다고 하였다.

인터뷰 후 나온 기사를 보니 제목이 '학원 안 보내고 자식 넷 수재로 키운 아빠'라고 다소 엉뚱하게 뽑혀 있었다. 데스크가 판단하기에 '바람직한 사회를 위한 다양한 성공 기준'이라는 타이틀보다는 '학원 안 보내고 자식 넷 수재로 키운 아빠'가 독자들에게 훨씬 더 어필하리라 본 것이리라. 제목만 보면 내가 사교육이 불필요하다고 생각해서 일부러 안 시킨 것처럼 비쳐지지만 사실 꼭 그런 것은 아니다.

아이들이 어릴 적에 김포로 이사를 가는 바람에 학원 안 보내고 과외 안 시킨 건 맞다. 시골이라 보낼 학원도 마땅치 않았고, 아이들이 학원 보내 달라고 말하지 않아서 그런 거지 내가 확고한 신념을 갖고 안 보낸 것은 아니다. 결과만 놓고 본다면 사교육 없이 아이를 잘 키울 수 있었지만 모든 학부모에게 나처럼 아이를 키우라고 주장하거나 권하고 싶은 마음은 전혀 없다.

이 기사가 나가고 자녀교육과 관련된 강의 요청이 들어오기 시작했다. 그중에 '사교육 걱정 없는 세상'이란 단체로부터 받은 요청이 가장 기억에 남는다.

'나의 주된 경력이 교육출판기업의 CEO인데, 이 기업들은 넓은 의미로 볼 때 사교육 업체인데…. 내가 강연을 하는 게 맞는 일일까?'

나는 내가 해 온 일이 이 사회에 꼭 필요하다고 생각하며 최선을 다

해 일해 왔기에, 죄송하지만 사교육을 부정하는 취지의 강연은 할 수 없노라고 메일을 보냈다. 그랬더니 단체 대표로부터 정중한 답신이 왔다. 요지는 단체 이름이 '사교육 없는 세상'이 아니고 '사교육 걱정 없는 세상'이니, 강연 취지가 어디에 있는지 짐작할 수 있지 않느냐는 것이었다. 나는 즉시 의도를 파악하고 강연을 수락했다.

책 만드는 아빠의 큰소리

나는 책을 만드는 편집자로 사회생활을 시작했다. 전집이나 학습지를 만들게 되면 판매하는 분들에게 책과 교재의 개발 취지를 잘 설명해야 판매 활동이 쉬워진다. 나는 개발책임자로서 판매인들을 대상으로 하는 설명회를 자주 가졌다. 그런데 내가 만든 책에 대한 자부심이 넘치다 보니 '아이들이 책을 좋아하고 많이 읽으면 원하는 대학에 갈 수 있다'고 큰소리를 치고 말았다. 그것도 여러 차례. 설명회가 끝난 후에도 그 말이 내 마음속에 남았다. 나는 내가 한 말이 틀리지 않을 거라고 믿고는 있었지만 그렇다고 확증이 있는 것은 아니었다.

내 경험에 의하면 공부의 요체는 개념을 파악하고 적용하는 것이다. 그런데 책 읽기만큼 개념을 파악하는 데 도움이 되는 것은 없다는 게 평소 내 생각이다. 어느 날 '우리 애들을 책 읽기를 위주로 해서 공부를 시켜 보면 어떨까?' 하는 생각이 문득 들었다. 그렇게 하면 판매하는 분들에게 내가 한 말이 결코 빈말이 아니게 될 것이다. 그러나 아내가 반대하면 아내 생각을 따르겠다고 마음먹었다.

나는 자녀교육에 대해서는 아이들 엄마가 더 큰 권한이 있다고 생각한다. 또한 아이들이 학원에 보내 달라고 하면 보내 주리라 마음먹었다. 제대로 공부시키는 것이 목적이지 아이들을 학원 안 보내는 데 목적이 있는 것은 아니지 않는가?

그런데 아내도 아이들을 꼭 학원에 보내야 한다고 생각하지 않았고, 아이들은 노는 게 좋아서 그랬는지 학원에 보내 달라고 조르지 않았다. 다행스럽게 아이들 성적도 학원을 보내야 하지 않을까 고민할 정도로 떨어지지 않았다. 자연스럽게 학원도 과외도 찾을 필요가 없어진 셈이다.

잘 쓰면 보약, 잘 못 쓰면 독약이 되는 사교육

강연을 하다 보면 '아이들을 학원에 보내지 않고 공부에 얽매이지 않게 하면서 자유롭게 키우고 싶은데 주변에서 무책임한 엄마로 낙인을 찍어서 힘들어요. 어떻게 해야 하나요?'라는 질문을 받을 때가 있다. 나의 대답은 간단하다. '아이가 학원 가기 싫어하지 않으면 적당히 보내세요'이다. 다른 아이들은 다 학원에 가서 같이 놀 애들도 없는데 자기 아이만 학원 안 보낸다고 아이가 자유로워지지는 않을 것이다. 또 학원을 보내는 것만으로 교육을 멍들게 하지는 않는다.

대부분의 학원은 이해하기 어려운 것을 잘게 쪼개서 이해하기 쉽게 만들어 주는 일을 아주 잘한다. 비유하자면 거친 음식을 죽으로 만들어 소화하기 쉽게 도와주는 역할을 하는 곳이 학원이다. 다만 학부모들이 이런 기능에 너무 익숙해져서 아이들 스스로 거친 음식을 소화시키는 능력을 키우는 것에 소홀하게 된다면 그것은 심각한 문제다. 그렇기에 학원만을 비난할 일은 아니라고 본다. 모든 걸 학원에 다 맡기려는 학부모의 태도가 바뀌지 않는다면 말이다.

'학습'은 배우고(學) 익히는(習) 일이다. 내가 보기에 아이들을 학원에 보내면서 학부모가 착각하는 것은 학원에서 배우고 익히는 일이 다 이루어진다고 생각한다는 것이다. 학원은 기본적으로 아이들을 가르치는 일에 특화되어 있는 경우가 많다. 익히는 일은 아이들이 스스로 해야 하는 것이지 학원이 대신해 줄 수는 없다.

대부분 자기 아이가 남보다 앞서게 만들려고 선행학습을 시킨다. 그런데 미리 배운다고 제대로 알게 되는 것은 아니다. 앞으로 배우게 될 것을 학원 선생님에게 설명을 듣기는 하겠지만 제대로 익히게 될 때까지 필요한 시간이 충분히 주어지지는 않는다. 즉 '학(學)'은 이루어졌는지는 몰라도 '습(習)'은 이루어지지 않았기 때문에, 실제로는 안다고 착각하는 것이지 제대로 아는 게 아니라는 것이다. 이런 상태로 학년이 계속 올라가면 결국 기초 실력이 부족한 상태에 빠지게 되는데, 이것을 학원 탓으로 돌려서는 안 될 것이다.

거듭 말하지만 내가 아이들을 학원에 보내지 않은 것은 사실이지만 그것이 지고지선의 원칙이어서는 아니다. 우리 아이들은 책 읽기라는 수단을 통해 '지식 소화 능력'을 키웠는데 다행히 그것만으로도 학습 능력을 갖출 수 있어서 학원에 보내지 않았을 뿐이다. 오랫동안 교육 출판기업을 경영하면서 깨달은 것은, 학원은 학습에 도움을 주는 수단으로 잘 쓰면 도움을 받게 되지만, 학원이 모든 것을 다 알아서 해결해 주리라고 믿는 것은 애들을 그냥 내버려 두는 것만큼 잘못될 수 있다는 거다.

학년이 올라갈수록 아이들이 더 공부를 잘할 수 있게 된 비결

자녀교육과 관련된 책을 써 보라는 권유를 처음 받은 것은 10여 년 전 일이다. 그때 책을 쓰지 않은 것은 두 가지 이유 때문이다.

첫째는 큰아이와 둘째 아이가 대학에 잘 들어간 것은 맞는데 그게 드러내 놓고 이야기할 만한 것인지 확신이 없었다. 좀 이름난 대학에 들어가면 성공한 것인가? 그것은 본격적 인생의 서막에 불과한 것이고 성공 운운하기에는 이르다는 생각이 들었다. 그리고 셋째와 넷째 아이가 아직 중고등학교에 다니고 있었는데 이 아이들도 원하는 대학에 수월하게 합격할지 어떨지 알 수 없었다. 괜히 자녀교육책을 냈다가 아이들에게 부담만 주게 되면 어쩌나 하는 염려도 있었다.

다음으로는 알게 모르게 나도 아내와 자식 자랑을 금기시하는 관습에 영향을 받았기 때문이다. 가족 자랑은 팔불출이나 하는 것이라는 생각이 책 쓰는 것을 부담스럽게 만들었다. 어떤 소신을 갖고 유별나게 아이를 키운 것도 아닌데 무슨 비결이라도 있는 듯 남들에게 떠벌리는 것 같아 겸연쩍었다.

다양한 지역에서 수십 차례 자녀교육에 대한 강연을 하다 보니 많은 학부모들이 남보다 우리 아이가 앞섰으면 하는 욕심과 내가 무관심해서, 혹시 내가 학창 시절에 공부를 잘 못해서 우리 애도 공부를 못하면 어쩌나 하는 두려움에 시달리고 있는 것을 알게 되었다. 대부분의 부모가 아이를 하나 혹은 둘밖에 키우지 않기 때문에 자녀교육은 결코 익숙해질 수 없는 과제이고 부담이 클 수밖에 없다는 것도 새삼 깨달았다. 그들의 걱정을 대신할 수는 없겠지만 조금이라도 학부모들께 도움이 되고 싶은 마음이 있었는데, '나무를 심는 사람들' 이수미 대표가 나의 자녀교육 경험을 책으로 내면 그분들께 도움이 될 것이라는 말에 용기를 내어 덜컥 제안을 받아들이게 되었다

우리 아이들은 세상의 기준으로 명문 대학이라고 불리는 학교를 다녔다. 첫째 서영이는 이화여대 과학교육과를 졸업하고 모교인 고등학교에서 과학 교사를 하고 있다. 둘째 서진이는 서울대 소비자아동학과를 졸업하고 서울대 경영대학원에서 국제경영전략을 공부했다. 지금은 미국 템플대학에서 박사과정을 밟고 있다. 셋째 서인이는 고려대에서 임상병리학을 공부하였고 지금은 경희대 의학전문대학원에서 의사가 될 공부를 하고 있다. 막내 희균이는 서강대 생명과학과를 다니다가

군대를 갔는데, 공군 치과병원 의무병으로 복무하였다. 제대 후 치과의사로 진로를 정하고 현재 경희대 치의학전문대학원에 다니고 있다.

아이들이 소위 명문 대학을 나왔기 때문에 자녀교육에 대한 이야기를 쓰려고 하는 것은 아니다. 그것보다는 우리 아이들이 초등학교 때보다는 중고등학교 때 공부를 더 잘하고, 대학 가서는 더 잘했기 때문에 그 원리를 정리해서 나누게 되면 다른 부모님들께 도움이 될까 싶어서이다.

나는 우리 아이들이 어릴 때부터 스스로 공부하는 습관이 몸에 배었고, 초·중학교 때 공부하는 데 진을 빼지 않은 것이 학년이 올라가면 갈수록 공부를 잘하게 된 비결이었을 거라고 추측한다. 공부는 마라톤 같은 것인데 초등학교 때부터 100m 달리기 하듯이 공부시키는 것은 현명한 일이 아니다.

돌이켜 보면 공부 잘하게 하는 원리를 내가 처음부터 잘 알아서 그렇게 애들을 키운 것은 아니다. 공부는 남이 시켜서 하는 것보다는 스스로 하는 게 힘이 훨씬 덜 들고 결과도 좋을 것이라는 것을 믿고 최대한 그렇게 키우려고 노력했을 뿐이다. 그 과정에서 내가 잘하고 있는가 하는 의구심이 없지는 않았지만, 달리한다고 더 나아진다는 보장도 없는데 이리저리 흔들리고 싶지 않은 마음에 일관성을 유지했다. 그게 결과적으로 유효했다는 생각에 이런 경험을 책에 담으려고 한다.

자녀교육에 대한 강연을 하다 보면 언제 어떤 책들을 읽혔고, 상벌은 어떻게 주었는지 등등 구체적인 방법을 묻는 분들이 있다. 나는 그 분들에게 '제가 하는 이야기는 저렇게 할 수도 있구나, 그 이유는 이러 저러한 것이리라 이해하는 정도로 듣지 그대로 따라 하지는 마시라'고 말씀드린다. 남의 방법을 따라 하는 것이 쉽지 않을 뿐만 아니라 상황이 달라지면 결과도 달라질 수밖에 없기 때문이다. 중요한 것은 구체적인 방법이 아니고 그러한 방법을 통해 추구하려고 하는 가치이다.

세월이 제법 흐르다 보니 내가 기억하고 있는 것과 아내와 아이들이 기억하고 있는 것이 큰 줄거리는 동일한데 세부 내용이 조금씩 다르다는 것을 알게 되었다. 어떤 것은 아이들은 기억하고 있는데 내가 기억 못하는 것도 있었고 반대의 경우도 있었다. 각자 자기에게 중요하고 인상 깊었던 것을 기억하고, 나머지는 일부러 노력해서 기억하지 않았기 때문일 것이다. 가족들의 기억을 객관적 시각에서 정리하기 위해 웅진씽크빅 홍보팀장이었으며 지금은 작가로 활동하는 이정주 씨에게 가족 한 사람씩 인터뷰를 부탁드렸다. 그 내용을 바탕으로 에피소드들을 정리할 수 있어서 책의 짜임새가 나아졌다. 수고에 감사드린다.

1장

부모가 바뀌면 아이도 바뀐다

공부는 왜 시키세요?

자녀교육 관련 강연을 할 때면 가끔 청중들에게 도발적인 질문을 할 때가 있다.

"아이들 공부는 왜 시키세요?"

갑자기 이런 질문을 받으면 대부분의 사람들이 조금 머뭇거리다가 "좋은 대학에 보내기 위해서요."라고 답한다. 그러면 다시 묻는다.

"좋은 대학은 왜 보내려고 하세요?"

"좋은 대학 나와야, 좋은 직장에 취직할 수 있으니까요."

질문은 계속 이어진다.

"그럼, 회사에서는 어떤 사람을 뽑으려고 할까요?"

"……."

답이 쉽게 나오지 않는다. 아이들 공부시키는 것이 좋은 직장에 취직하는 것과 연관이 있다고 생각한다면, 회사가 사람을 뽑는 기준을 알아 두면 도움이 될 것이다.

나는 CEO로 일하면서 신입사원도 경력사원도 많이 뽑았다. 내가 채용한 사람이 줄잡아 천 명이 넘을 것이다. 작은 회사가 급속하게 성장하는 시기에 경영을 맡게 돼서 정시 채용은 물론 수시로 인재를 선발하는 경험을 많이 했다. 오랜 채용 경험을 요약해 보면 회사는 크게 두 가지 조건을 갖춘 사람을 뽑으려고 한다.

첫째는 문제 해결 능력이 있는 사람이고, 둘째는 다른 사람과 협력하여 일할 줄 아는 사람이다. 짐작하다시피 시험 점수 높은 사람이 반드시 문제 해결 능력을 갖춘 것은 아니다. 공부 잘한 사람이 다른 사람과 잘 협력해서 일한다는 보장도 없다. 기업에서는 입사시험 점수나 서류만으로는 알 수 없는 것을 면접을 통해 알고자 한다. 나 같은 사람이 채용 면접의 최종 문지기로 있으면서 문제 해결 능력이 있어 보이는 사람, 협력하며 일할 줄 아는 사람을 뽑으려고 눈에 불을 켜는 것이다.

그렇다면 문제 해결 능력, 남과 협력할 줄 아는 능력은 어떻게 길러지는 걸까? 요즘 부모님들 중에는 이들 역량이 학교 공부와는 별개라고 생각하는 분들이 많다. 나는 오히려 공부를 하는 과정에서 이런 능력이 길러질 수 있다고 믿는다. 점수만 잘 받으려고 하고, 남보다 앞서는 것을 주목표로 해서는 절대 획득할 수 없고, 제대로 차근차근 공부할 때 얻어지는 역량이다.

회사에서 원하는 '문제 해결 능력'이란 먼저, 회사 일을 하면서 생겨나는 바람직하지 못한 현상을 찾아내고 그 원인이 무엇인지 분석해 내는 것이다. 그다음 적절한 대책을 찾고, 그것을 실행에 옮겨 좋은 결과를 만드는 과정에서 필요한 것이 '문제 해결 능력'이다. 여기서 대책 수립보다 더 중요한 것은 문제를 정의하고 원인을 분석하는 것이다. 문제 진단이 잘못되면 대책이라는 것이 의미가 없어지기 때문이다. 감기 몸살인데 효과 좋은 소화제 먹어 봐야 아무 소용없듯이 말이다.

그런데 문제를 정의하고 원인을 분석하는 능력은 학교에서 수업시간에 선생님이 강조하는 '개념 파악' 능력과 같은 성질의 것이다. 채용 면접에서 면접관은 점수 잘 받는 요령을 익힌 수많은 면접자들 속에서 개념 파악 능력을 제대로 갖춘 사람을 골라내려고 애쓴다. 이 능력은 하루아침에 길러지지 않고 오랜 시간 단련해야 길러진다. 다시 말해 학교 공부를 제대로 해야 문제 해결 능력이 생긴다. 사실 초등학교, 중고등학교 때 배우는 지식 자체는 사회 나와서 써먹을 일이 거의 없다. 그렇다면 써먹을 것도 없는 지식을 왜 힘들게 배우는 걸까? 지식 자체는 써먹을 일이 없지만 그 지식을 배우는 과정에서 '개념 파악 능력'이 얻어지게 되기 때문이고, 이것은 어른이 되어서 살아가는 데 꼭 필요한 능력이다.

얼마 전 알파고와 이세돌 9단의 바둑 대결은 우리 아이들이 미래를 살아가는 데 어떤 능력이 필요한지를 상징적으로 보여 준 사건이다. 그 어렵다는 바둑도 컴퓨터가 사람을 이기는데, 웬만한 일쯤은 이제 사람이 컴퓨터를 당해 낼 수 없다. 정보를 기억하고 정리하는 것은 컴퓨터가 훨씬 더 잘한다.

〈유엔미래보고서 2045〉를 보면 크게 일곱 파트로 구성되어 있는데 그중 두 개 파트의 제목이 '인간의 지능을 뛰어넘는 인공지능, 인간과 구별할 수 없는 AI 로봇'과 '인공지능과 로봇에게 빼앗기는 일자리의 대안'이다. 세계적인 석학들이 다가올 미래를 어떻게 예측하고 있는지 짐작할 수 있는 대목이다.

그렇다면 컴퓨터가 인간을 뛰어넘는 시대에 사람은 무엇을 해야 할까? 일상적인 문제는 컴퓨터가 해결할 것이다. 이전까지 경험해 보지 못한 문제가 생겼을 때 이를 창의적으로 해결하는 일을 사람이 담당할 것이다. 나는 기업 경영을 오래 해 왔지만 미래에 어떤 문제가 회사에 닥쳐올지 알지 못한다. 문제를 알아야 답을 찾을 텐데 문제 자체를 모르고 있다. 당연히 후배들에게 답을 가르쳐 줄 수가 없다. 그러니 모르는 문제에 부딪치더라도 개념을 잘 잡고 해결책을 찾아 주길 기대하는 마음으로 '문제 해결 능력이 있는' 후배 사원을 뽑는 것이다.

협력하는 사람을 뽑으려고 하는 이유는 무엇일까? 회사의 성과를 좌우하는 것은 결국 사람이기 때문이다. 좋은 사람을 뽑을 수 있으면 회사는 살아남아 발전하고 그렇지 못하면 쇠퇴하고 망한다. 똑똑해도 남과 협력할 줄 모르면 좋은 인재라고 할 수 없다.

기업을 경영하다 보니, 자기만 내세우고 다른 사람의 공을 가로채는 사람이 기업문화를 망친다는 것을 알게 되었다. 남을 배려할 줄 모르는 사람은 아는 게 많아도, 똑똑해도 기업에 별로 도움이 안 된다. 이는 인성과 깊은 관련이 있어서 가정에서의 교육, 학창 시절 교우 관계에서 바람직한 인성이 형성된다.

공자님은 '자기보다 못한 사람을 친구 삼지 말라'고 하셨다. 이 말을 '자기보다 공부 못하는 사람을 친구 삼지 말라'고 곡해해서 가르치는 학부모들이 있다. 공자님 말씀은 '세상에 대해 품은 뜻이 서로 맞지 않으면 친구가 될 수 없다'는 의미인데 잘못 적용하는 바람에 아이들에게 성적순으로 사람을 평가하는 가치관을 가르치고 말았다. 모두가 자기보다 공부 잘하는 애를 친구 삼고자 한다면 세상에 서로 친구가 될 아이가 얼마나 있을까. 우리 애보다 공부 잘하는 이웃집 아이가 뭐 하자고 우리 애를 친구 삼겠는가.

이런 사고방식에 익숙해진 아이는 어른이 돼서도 남과 협력하기 힘들다. 어른들이 재산, 외모, 학력으로 사람을 평가하는 것을 보고 자란 아이들은 사회에 나가서 똑같이 그런 잣대를 적용할 가능성이 크다. 회사는 이런 사람을 뽑으려고 하지 않는다. 자기 이익을 위해 고객을 속이고 회사를 속일 가능성이 크기 때문이다.

학교는 서로가 존중하는 삶의 방식을 배우는 장이다. 모르는 것을 깨치는 과정을 통해 미래에 닥칠 미지의 문제에 맞서 해결하는 능력을 키워 나가는 곳이다. 이런 본질을 무시하고 결과만 좇는다면 비록 시험을 잘 보고 점수가 잘 나와도 그것을 어디다 써먹을 수 있겠는가.

초등학교, 중학교 때 많은 지식을 머릿속에 넣는 것이 중요한 게 아니다. 함께 어우러져 살 줄 아는 사람이 되는 공부를 해야 한다. 세상은, 회사는 '진짜 공부'를 한 사람을 원한다.

정말 필요한 것은 '지식 소화 능력'

미국의 사회철학자 에릭 호퍼(Eric Hoffer)가 이렇게 말했다.

"변화가 빠른 시대에, 지식을 많이 가진 사람은 더 이상 존재하지 않을 세상에 대해 잘 준비한 셈이고, 배우는 능력을 갖춘 사람이 세상의 주인이 될 것이다."

'지식을 소화하는 능력'은 미래를 살아가야 할 우리 아이들에게는 필수적인 역량이다. 세상이 빠르게 변하고 있는데도 부모들은 조급한 마음에 사교육부터 찾는다. 대개의 문제는 학부모들이 자기 아이를 남의 아이와 비교하면서 뒤떨어졌다고 초조해하는 데서 시작된다. 사교육을 통해서라도 뒤떨어진 것을 빠르게 만회하고, 할 수만 있으면 다른 집 애들보다 앞서게 만들려고 한다.

아이들이 문제를 못 풀면 금방 실망한 낯빛을 드러내고 금방 정답을 알려 준다. 모르는 것은 '나쁜 상태'라고 생각하고, 답을 알려 주면 '좋은 상태'로 만든다고 생각해서 그런 것 같다. 하지만 답을 가르쳐 주면 아이가 이해할 것이라고 생각하는 것은 학부모의 희망사항일 뿐이다.

나는 사교육이나 선행학습이 나쁘다고 생각하지 않는다. 강제적이지 않고, 아이가 하고 싶어 한다면 말릴 이유가 없다. 사교육의 문제는 자녀교육을 전적으로 학원, 과외에만 의존하는 데서 생긴다. 이럴 경우 '지식 소화 능력'은 길러지지 않고 시험만 잘 보는 아이로 키워질 우려가 있다. 예를 들어 아이에게 영양을 빨리 섭취하게 하려고 밥 대신 죽만 먹이는 부모가 있다고 하자. 죽만 먹고 자란 아이는 어떻게 되겠는가? 필요한 영양분은 섭취했으되 소화 능력이 없어진다. 아이에게 더 중요한 것은 거친 음식이라도 소화시킬 수 있는 능력이다.

모르는 것은 나쁜 상태가 아니라 앞으로 개선해야 할 상태일 뿐이다. 애가 어려서 기어 다니는 것이 나쁜 상태에 놓여 있는 것인가? 아니다. 기어 다니면서 근육에 힘이 길러지면 곧 걷게 될 것이다. 좋고 나쁜 게 아니라 성장하면서 겪어야 될 과정일 뿐이다.

아이들이 학습하다가 막히는 것이 있고 모르는 게 있다고 하더라도 그것은 나쁜 상태가 아니다. 극복해야 할 과제가 있는 상태에 불과하다. 학부모가 이에 너무 민감하게 반응하는 것은 길러야 할 근육을 제대로 기르지 못한 상태에서 다음 단계의 과제를 강요하는 것과 유사하다. 걷지도 못하는 아이에게 뛰라고 채근하는 것처럼 말이다.

학부모가 학원에 기대하는 것은 빠른 시간 안에 성과를 높여 주는 것이다. 과정을 제대로 이해시키기 위해 시간을 많이 들이는 것을 낭비로 본다. 학원도 고객을 잃지 않기 위해서 아이들이 입만 벌리면 씹지 않아도 되는 죽을 입 안에 넣어 주는 교육 방식을 쓸 수밖에 없다. 그렇게 안 하면 수강생들을 다른 학원으로 빼앗기기 때문이다. 아이들이 그런 방식에 차츰 익숙해져 버리면 결과는 어떠할까? 알고 있는 것처럼 보이고, 문제는 잘 푸는 것 같아도 정작 중요한 '지식을 소화할 수 있는 능력'은 길러지지 않았을 가능성이 크다.

선행학습도 마찬가지다. 선행학습에서 모르는 내용이 나오는 것은 당연하다. 그런데도 틀릴 때마다 엄마가 '학원비가 아깝다'며 화를 내면 아이는 주눅이 든다. 잘 몰라도 아는 체 하는 게 차라리 마음이 편하다고 아이는 생각한다.

예습은 어떤 것을 배울지 미리 조감도를 보는 수준에 그쳐야 한다. 그런데 남보다 미리 배워 점수 잘 따려고 하는 본 학습이 되어 버리니까 문제가 생겨난다. 본래 의미의 예습도 없어지고 복습도 제대로 할 시간이 주어지지 않아 자기 것으로 만들지도 못한다. 제 학년에 배울 것을 1년 또는 2년 전에 미리 배우고 있으니 제대로 학습이 이루어지기 어려운 것이 당연하다. 선생님의 설명을 들었다고 제대로 아는 것이 아니다. 진짜 안다면 남에게 설명해 줄 수 있어야 하는데 그 수준까지 선행학습 하는 학생이 얼마나 될까?

가령 손가락 엑스레이를 찍을 때, 뼈가 가까이 붙어 있으면 관절 이상일 가능성이 크다고 하자. 손가락에 힘을 주면 뼈가 조금 떨어져서 정상처럼 보일 수가 있는데, 엑스레이 찍을 때 손가락에 힘 주는 법만 가르치게 되면 어떻게 될까? 점수 지상주의, 결과 지상주의에 빠지면 손가락의 진짜 건강 상태보다는 건강하게 보이는 것에만 관심을 두게 될 수밖에 없다.

점수는 공부한 정도를 나타내 주는 지표에 지나지 않는다. 초등학교 때는 더욱 그렇다. 부모가 점수에 목을 매면 본말이 뒤바뀌게 되어, 정작 길러야 할 지식 소화 능력은 온데간데없이 사라지고 아이들은 써먹을 데도 별로 없는 지식을 외우는 데 에너지를 쏟아붓게 되는 것이다.

그러니 부모님들이 성적에 지나치게 연연해하지 말고, 아이들 실수에 관대해졌으면 좋겠다. 쉬운 일은 아니지만 '지금 못하더라도 앞으로 더 잘하면 되지' 하는 태도를 취하면 아이들도 조급해하지 않고 건성으로 아는 체 하지 않게 된다. 그래야 '소화 능력'이 길러진다.

사회에서 요구하는 문제 해결 능력은 많은 지식을 외우는 데서 길러지는 것이 아니다. 낯선 문제의 원인을 분석하고 대책을 세우는 능력은 모르는 것을 깨치는 과정에서 길러진다. 정말로 아이들이 갖추어야 하는 지식 소화 능력을 얻지 못하고, 인터넷만 검색하면 다 나오는 지식을 외우느라 귀한 시간과 돈, 에너지를 낭비하는 것은 안타까운 일이다.

아이를 키우면서 유념했던 세 가지

10여 년 전 조선일보에서 우리 가족을 인터뷰한 적이 있다. 김포 시골로 내려와 아이 넷을 사교육에 의존하지 않고 키운 것이 뉴스거리가 된다고 판단했던 것 같다. 그때 기자가 자녀교육에 대한 원칙을 묻기에 아이들을 키우면서 내가 지켜 온 것이 무엇인지 떠올려 봤더니 크게 세 가지로 정리되었다.

첫째, 아이의 의견을 존중하되 한 말에 대해서는 스스로 책임을 지게 했다.

언젠가 둘째 서진이가 아내에게 물었다. "엄마는 여섯 살짜리 손녀 은이를 왜 친구 대하듯 해? 걔가 뭘 안다고?" 그랬더니 아내가 이렇게 대답했다. "쟤도 어른들 하는 걸 옆에서 보고 배우기에 작은 머릿속에 나름의 생각이 있고 자기주장이 있어. 그게 얼마나 기특한데. 너희도 다 그렇게 키웠어."

실제로 우리 부부는 아이들을 그렇게 키웠다. 큰아이가 유치원을 겨우 한 학기 다니고 더는 안 다니겠다고 고집을 피울 때 이틀 동안 아이를 설득한 뒤 그럼 네 뜻대로 하라고 했다. 아이들이 "피아노 치기 싫어." 할 때도 한두 번 물어본 뒤 계속 고집하면 바로 학원을 끊어 버렸다. '애 넷 키우려면 돈도 많이 드는데, 애들 피아니스트 만들자는 것도 아니고…' 밥도 안 먹겠다면 그냥 놔둔다. 걔가 평생 굶겠다는 게 아니니까. 이런 식으로 하니까 우리 아이들은 말을 허투루 하는 법이 없다. 말하면 말한 대로 될 가능성이 크다는 것을 알기 때문이다.

이렇게 자란 것에 대해 지금 미국에 있는 둘째 아이가 엄마에게 보낸 편지에서 "제가 내린 결정이라 결과가 조금 나빠도 남 탓할 일이 없어서 덜 억울하고 제 결정에 몰입할 수 있었어요. 이런 삶의 방식과 행복을 가르쳐 주셔서 감사합니다."라고 썼다. 대학도, 진로도 아이들이 의논해 오면 우리의 의견을 말해 주거나, 자기들이 결정한 것을 나와 아내는 그냥 통보 받는 식이었다.

그렇게 하면 걱정이 안 되느냐고 묻는 분들이 많다. 왜 걱정이 안 되겠는가? 아이들을 쫓아다니면서 키우는 것만큼이나 "네가 알아서 해!"라고 말하고 지켜보는 것도 속이 타는 일이다. 남들 보기엔 아무

일도 안 하는 것 같지만 실은 참느라고 격렬하게 애를 써야 했다. 그런 과정이 켜켜이 쌓이면서, 즉 작은 실패를 경험하면서 아이들이 스스로 올바른 선택을 하는 능력을 키워 나가게 된 것이라고 믿고 있다.

둘째, 책을 많이 읽혔다.

나는 직장생활 처음 10년 가까이 책을 만드는 편집자로 일했다. 덕분에 나도 아이들도 책을 접하기 무척 쉬운 환경이었다. 처음에는 책을 읽히기 위해 아이들이 책을 읽으면 용돈도 줬다. 읽는 척만 하면 어떡하느냐고? 다행히도 아이가 넷이어서 절대 담합이 이루어지지 않았다. 누군가 책을 설렁설렁 읽으면 다른 녀석들이 "너 책장 너무 빨리 넘어간다!"라고 하면서 곧바로 견제에 나섰기 때문이다.

『정의란 무엇인가』를 쓴 마이클 샌델 교수가 '좋은 일을 할 때 그에 대해 돈으로 보상을 하면 의미가 없어진다'라고 지적했다. 옳은 말이다. 나도 당근과 채찍으로 아이를 키워야 한다고 생각하지 않는다. 내 의도는 아이들에게 책 읽기를 용돈벌이 수단으로 제공하자는 것이 아니다. 책 읽기를 좋아하도록 처음에 재미 삼아 용돈을 준 것이지, 책을 읽는다고 계속 돈을 주어야 한다는 말이 결코 아니다. 웬만큼 독서 속도가 붙으면 아이들이 돈을 안 줘도 알아서 책을 읽었다.

장르도 굳이 가려서 읽게 하지 않았다. 나도 어렸을 때 만화를 좋아했는데 만화 때문에 공부에 지장을 받은 기억도 없고 그것 때문에 성격이 나빠진 것 같지도 않았기 때문이다. 큰애는 하이틴로맨스를 많이 읽었다. 막내는 만화를 많이 빌려 보았지만 잔소리하지 않았다.

아이들 말에 의하면 고등학교에 가니 책 읽은 효과가 나타났다고 한다. 선생님이 이런저런 설명을 할 때 전에 책을 읽으며 접한 내용들이 연결이 되면서 절로 이해가 되더라고 했다.

셋째, 세상에 공짜가 없다는 것을 가르쳤다.

아이들이 원하는 걸 그냥 해 준 법이 없다. 부모 마음엔 안 들지만 아이들이 갖고 싶어 하는 물건일 경우 부모가 30%, 아이가 70% 부담하는 식으로 아이 부담분을 많게 했다. 싫으면 그만두라는 거다. 부모가 마음에 안 들어서 사 주지 않는다고 애들이 쉽게 포기하지는 않는다. 오히려 부모 몰래 구입할 가능성이 크다. 그럴 바에야 고생 잔뜩 해서 사게 하고 '이런 고생을 하면서까지 살 필요가 있는 물건인가?'라고 반성하게 만드는 것이 낫다고 생각했다.

이런 방식을 택한 건 나름의 철학 때문이다. 내가 사회생활을 하다 보니 대가나 희생을 치르지 않고 뭔가를 얻어 내려 하는 것이 모든 불행과 고통의 원인으로 여겨졌다. 고위직 인사청문회 때 보면 편법을 써서 남들보다 앞서간 것을 자랑하던 사람들이 결국엔 그것 때문에 망신을 당하는 경우가 적지 않다. 나는 그게 공짜로 세상을 살려고 한 벌이라고 생각한다.

공짜를 바라지 않으면 망신 당할 일이 줄어든다. 대가를 치르지 않은 것은 내 것이 아니므로 설령 내 손에 있다가 사라진다고 해서 서운할

게 없다. 오히려 그동안 내 손에 머물러 있었던 것에 감사해야 한다. 자랑하고 싶으면 정당한 대가를 치르면 된다. 나는 우리 아이들이 이런 것을 몸에 익힌다면 공부 조금 더 잘하는 것보다 세상 살아가는 데 훨씬 소중한 보물을 갖게 될 거라 생각했다.

앞서도 말했지만 아이를 키우면서 '이 세 가지를 꼭 지켜야 한다'고 명시적으로 마음먹고 했던 것은 아니다. 아이들을 다 키워 놓고 돌아보니, 나와 아내가 했던 방식이 이 세 가지로 정리가 되었다. 이런 교육원칙 덕분에 네 아이들이 모두 자기들이 원했던 대학에 들어가고, 자신이 선택하고 결정한 일에 대해서는 분명하게 책임을 질 줄 아는 주체적인 사람이 되었다고 믿는다.

선택은 너의 것, 책임도 너의 것

첫째 서영이가 일곱 살 때였다. 여름방학을 마치고 다시 유치원에 가야 하는데, 느닷없이 가지 않겠다고 선언을 했다.

"왜? 이유가 뭐야? 선생님과 친구들이 기다릴 텐데 가는 게 좋지 않을까?"

이틀 동안 설득을 했지만 아이는 고집을 부렸다. 안 가겠다는 이유를 정확히 대지는 못했다. 그저 "가기 싫다."는 말만 되풀이했다.

"만약 네가 이번에 유치원에 가지 않으면, 앞으로 다른 곳도 다닐 수 없어. 친구가 없어 심심할 거야. 그래도 괜찮겠어?"

서영이는 고개를 끄덕였다. 아이와 약속을 한 뒤에는 더 권하지 않았다. 아이의 바람대로 깨끗하게 유치원을 '중퇴'시켜 버렸다.

나중에 커서 물어보니 "좋아하던 선생님이 그만두어서 유치원에 가기 싫었던 것 같다."고 했다. 그때는 어린아이라 이유를 제대로 설명하지 못했지만 일곱 살 아이의 의견을 존중해 주었다. 자기가 한 말에 책임을 지는 습관은 어려서부터 필요하기 때문이다.

아이가 말도 안 되는 고집을 부릴 때가 있다. 부모가 보기엔 뻔히 결말이 보이는데, 그걸 모르는 아이들은 무작정 우긴다. 그럴 때 아이의 요구를 단박에 "노!"라고 한 적이 없다. 아이에게 그 일이 하고 싶은 이유를 설명하게 했다. 아이가 땀나게 설명하면 고생길이 훤해도 들어주었다.

내가 아이의 의견을 납득했기 때문이 아니다. 자기가 확신을 가진 일에 대해서는 직접 겪어 보고 깨지는 것이 필요하다. 뜨거운 냄비에 손대지 말라고 해서 아이들이 그 말을 척척 들으면 얼마나 좋겠는가? 하지만 그런 일은 거의 없다는 게 내 경험이다. 어찌 생각하면 손을 대 보고 정말 뜨겁다는 것을 느끼는 것도 필요악인지 모르겠다. 손에 작은 화상을 입는 것은 안타까운 일이지만 그게 더 큰 화상을 막아 준다면, 긍정적인 면도 있다고 본다.

유치원을 중퇴한 서영이는 한동안 동네에 혼자 남아 외로운 시간을 보내야 했다. 또래가 다들 유치원에 갔기 때문에 놀 아이가 없어서였다. 어리지만 자신이 선택한 것에 대한 책임을 지는 연습을 한 셈이다.

셋째 서인이가 중학교 때 찢어진 청바지를 사 달라고 한 적이 있다. 나는 찢어진 청바지를 사 주고 싶은 마음이 조금도 없었다. 어린 시절 가난을 겪은 나에게 찢어진 옷은 가난을 상징할 뿐이었다. '저런 것을 유행이라고 돈을 주고 사나?' 싶은 마음도 있었다. 하지만 아이는 찢어진 청바지를 원했다. 서인이는 찢어진 청바지를 사야 하는 이유를 여러 가지로 설명했다. 아빠가 싫어하는 줄 뻔히 알았기에 나름 전략도 세웠던 것 같다. 아이가 그 정도 확신을 가졌다면 들어주어야 한다. 내 마음에 들지는 않지만 뚜렷한 주관이 있으니 존중해 주는 것이 맞다. 사람이 자기 주관을 갖는 것은 무척 중요한 일이다. 대신 그에 따른 책임도 함께 져야 한다.

"서인아, 아빠는 찢어진 청바지가 꼭 필요한 옷이라고 생각하지 않아. 보통 청바지였으면 네가 20%를 내고, 아빠가 80%의 돈을 내서 사 주었을 거야. 아빠가 원하지 않는 찢어진 청바지를 선택했기 때문에, 너는 더 큰 금액을 부담해야 해. 아빠가 반을 낼 테니, 너도 반을 내야 하는데, 어때? 그래도 찢어진 청바지를 살 거야?"

서인이는 곰곰이 생각해 보더니 자기 돈 절반을 들여서라도 찢어진 청바지를 사겠다고 했다. 부모와 아이의 의견이 다를 때, 부모라는 이유로 의견을 관철시키지 않았다. 찢어진 청바지가 마음에 들지 않았지만 내 의견만 중요한 것은 아니다. 입고 싶어 하는 아이의 간절한 마음도 받아 주어야 한다. 아이는 자기가 선택한 것 때문에 자기 용돈이 많이 들어가는 책임을 졌다. 부모가 억지로 막아서 불만이 생기거나, 부모 몰래 사 입는 행동보다 훨씬 합리적이다. 부모는 아이에게 선택지를 주었으니 정당하고, 아이는 스스로 선택한 것이기 때문에 불만이 없는 협상이었다.

아이가 어렸을 때 하는 선택 중에 '절대 안 돼!'라고 할 일은 거의 없다. 굳이 하나 있다면 '자기 좋자고 남 괴롭히는 일은 절대 안 된다' 정도일 것이다. 예를 들어 아이가 재미있다고 고양이 꼬리를 꺾는 것은 약한 상대에게 피해를 주는 것이니 단호하게 못 하게 해도 된다. 그런 것 말고는 아이들의 선택에서 인생을 좌우할 만한 큰일은 없다. 잘못된 선택을 하더라도 다시 시작할 기회가 얼마든지 있다. 아이가 하겠다는 일이 부모의 뜻에 맞지 않는다고 "안 돼!"라고 할 필요는 없다는 말이다. 아이가 한 선택에 대해 스스로 책임질 의사만 있으면 된다. 때로는 잘못된 선택으로 곤란을 겪어 보는 것도 훌륭한 학습이다.

우리 아이들은 어려서부터 이런 훈련을 하다 보니 성인이 된 지금도 자신의 선택과 책임에 대한 주관이 뚜렷하다. 단점이라면 고집이 지독하게 세진다는 것이다. 반면 아이들이 부모를 원망하는 법이 거의 없다는 것이 큰 장점이다.

셋째 서인이가 수능시험에서 예상했던 것보다 점수가 안 나왔다. 자기가 바라던 학교에 들어가기 힘들다는 것을 알고 아이는 정시모집에 아예 원서도 넣지 않았다. 바로 재수를 결심하고 종로학원에 등록했다. 나도, 아내도 "그래도 혹시 모르니 정시모집에 넣어 보자."고 하지 않았다. 아이는 자신의 미래를 위한 의사 결정은 스스로 하는 것이라는 점을 너무나 잘 알고 있었다. 그게 대학입시처럼 아이에게 최대의 사건일지라도 경우가 다르지 않다. 혹시 부모가 개입했으면 조금 나은 결정을 할 수 있었을지도 모르겠지만, 그것이 아이 인생에 큰 의미가 있다고 생각하지 않는다. 긴 안목에서 보자면 인생의 수많은 결정에서 대학 입학은 작은 순간일 뿐이다.

자기 인생은 스스로 결정하고 책임도 자신이 지는 것이다. 자기 결정권을 주었을 때 판단을 잘못 내리면 고생도 한다. 부모 입장에서는 자식 고생하는 것이 안쓰러워 미리 말리지만 그것이 최선은 아니다. 오히려 어려서부터 선택을 하고 책임지는 연습을 한 아이가 나중에 더 지혜로운 선택을 할 수 있다. 몇 번의 시행착오가 있더라도 경험이 쌓이면서 선택의 기술도 좋아진다.

사회에서 '제 역할을 한다'는 것은 결국 자기가 한 말을 실행하고, 그 결과에 대한 책임까지 지는 태도를 말한다. 이것은 어느 날 뚝딱 생겨나는 능력이 아니다. 어린 시절 연습의 결과가 사회생활에서 드러나는 것이다. 부모 역할은 아이가 선택할 수 있는 다양한 경우를 만들어 주고, 선택에 따른 책임이 있음을 알려 주는 것이면 충분하다.

공짜는 없다

우리 아이들이 방학을 보내는 특별한 전통이 하나 있었다. 바로 방학 숙제로 나오는 일기 쓰기 숙제는 해 가지 않는 것이었다. 물론 주어진 과제는 무엇이든 완수해야 직성이 풀리는 둘째 아이는 예외였지만 말이다.

어느 해 여름방학이 끝나갈 즈음이었다. 서인이가 여기저기 날씨를 물어 가며 일기를 몰아 쓰느라 바빴다. 하기 싫어 죽겠다는 얼굴이었다. 그걸 옆에서 보던 서영이가 거들었다.

"일기 써 가게? 그걸 이제 써서 뭐하냐? 그냥 몸으로 때워!"

갑자기 서인이 얼굴이 밝아졌다.

"정말? 그래도 될까?"

"나도 일기 안 써 가서 선생님한테 혼났는데, 몇 대 맞는 것으로 때 웠어."

언니의 훌륭한 가르침에 서인이는 즉시 일기장을 덮어 버렸다.

세상에 공짜는 없다. 어떤 일을 선택하면 그에 따른 대가를 반드시 치러야 한다. 일기 쓰기 숙제를 해 가지 않는 것은 괜찮다. 대신 선생님 이 점수를 적게 주신 것에 뒷말을 하거나, 벌 받는 것에 대해 불만을 가 져서는 안 된다. 일기 쓰기 숙제를 안 했으면서 혼나지도 않으려는 마 음은 공짜를 바라는 것이다.

나는 아이들이 어렸을 때부터 '공짜는 없다'는 개념을 심어 주려 노 력했다. 경제적인 개념일 뿐만 아니라 인생에서도 꼭 필요한 가치관이 기 때문이다. 인생은 노력한 만큼 결과를 얻고, 노력하지 않으면 수확 도 없다는 것을 몸으로 익혀야 한다.

한번은 서인이가 자전거를 사 달라고 졸랐다. 서인이가 원한 자전거 는 가격이 20만 원쯤 했다.

"네가 탈 자전거니까 너도 자전거 값의 일부를 내야 해. 아빠는 8:2 정도로 비용을 나누는 것이 적당할 것 같아."

물건을 살 때는 늘 협상과 타협이 이루어진다. 우리 집에는 부모니까 당연히 사 줘야 하는 의무도 없고, 자식이니까 당연히 받아야 한다는 기대도 없다.

"새 자전거를 사려면 아빠가 16만원, 네가 4만원을 내야 해. 아니면 중고자전거를 사는 방법도 있어. 중고자전거 가격이 5만 원이니까 아빠는 4만 원, 너는 1만 원을 내는 거지. 어떤 자전거를 살래?"

나는 전적으로 서인이의 선택을 존중할 생각이었다. 서인이는 곰곰이 생각해 보더니 4만원을 내는 것이 과하다 싶었던 모양이다.

"아빠, 저는 그냥 중고자전거 살래요!"

자전거가 좀 낡고 예쁘지 않아도 서인이는 만족스러워했다. 본인이 선택했기 때문이다. 부모가 억지로 중고자전거를 사라고 했으면 타면서도 계속 불만을 가졌을지 모른다. 그 중고자전거를 어느 날 도둑을 맞았다.

"아빠, 오늘 세워 놓은 제 자전거를 누가 가져갔어요. 그런데 정말 다행이지 않아요? 그때 새 자전거를 사서 잃어버렸으면 얼마나 속상했겠어요. 중고자전거 타다가 잃어버려서 진짜 다행이에요."

적게 비용을 들였으니 아쉬움이 적은 것도 당연하다. 아이들이 익힌 경제개념은 공부에도 그대로 적용된다. 공부 안 하고 놀아도 된다. 대신 공부 안 하면서 성적 좋기를 바라는 것은 안 된다. 이걸 알면서도 공부 적게 하고 점수 좋게 받기를 원하니 세상에는 온갖 편법이 등장한다.

얼마 전 현직 교사와 입시학원 강사가 짜고 모의고사 시험문제를 유출했다는 뉴스를 들었다. 학원 강사가 모의고사 출제 위원인 교사에게 돈을 주고 미리 시험에 나올 지문이나 문제를 알아냈다는 것이다. 그 학원 강사는 시험문제 잘 찍기로 유명한 강사라고 한다. 학원 강사는 이 방식으로 수강생을 늘려 나갔을 것이다. 하지만 이렇게 빼 온 문제를 미리 알고 모의고사를 잘 보면 학생에게 무슨 도움이 되는 것인지 모르겠다.

시험에 나올 문제를 찍는 것도 공부에서는 중요한 기술이다. 시험에 어떤 문제가 나올지 예측하는 것은 아이가 공부를 하는 과정에서 중요도를 판단하는 감각이 생기는 것이고 실력이 높아졌다는 증거다. 그걸 대신 해 주는 족집게 강사를 만나면 당장 모의고사 점수는 오를 수 있을 것이다. 하지만 그게 아이의 진짜 실력이라 할 수 있을까? 이것은 아이들에게 공부를 가르치는 게 아니라 편법과 불법으로 사는 요령을 연습시키는 것이다.

이렇게 시험을 '연습'한 아이가 그다음 시험에도 찍어 준 문제로 계속해서 좋은 결과를 만들 수는 없을 것이다. 설사 한두 번 좋은 결과가 있었다 하더라도 족집게 강사가 없이 혼자 해결해야 할 대학, 대학원 공부에서는 어떻게 할 것인가?

어떤 엄마들은 말한다.

"한 문제만 틀려도 1~2등급이 왔다 갔다 하는데, 공부량은 무한대로 많고 시간은 부족해요. 좋은 강사 만나면 혼자서 10시간 할 공부를 2시간으로 줄여 주니 그런 학원 찾느라 엄마들이 발품을 팝니다."

이런 엄마들을 비난하거나 폄하할 생각은 전혀 없다. 다만 비싸고 좋은 학원 보냈으니 엄마 노릇 다했다고 생각하면 곤란하다. 비싼 학원 보내고, 좋은 대학 보내고 나면, 그다음은 또 어떻게 할 것인가? 그렇게 자란 아이들이 훌륭한 인성을 갖출 것인지, 사회에 꼭 필요한 사람, 창의적인 사고력을 가진 성인으로 성장할 수 있을지에 대해서 진지하게 생각해 봐야 한다.

단기이익과 장기이익은 방향이 다르다. 시험 한 번 보고 말 거라면 그렇게 할 수도 있다. 하지만 장거리 경주에서는 편법이나 요령으로 이기는 것이 불가능하다.

공부는 장기전이다. 공짜 바라지 말고, 빠른 길 있다는 유혹에 흔들리지 말고, 바른 길로 꾸준히 가야 한다. 요령 부려 쉽게 얻은 것은 쉽게 빠져 나간다. 공부에는 정말 공짜가 없다.

타이거 맘이 될 건가, 스칸디 맘이 될 건가

몇 해 전 아내가 외출 준비를 서둘렀다. 동대문구 회기동에 집을 보러 간다는 것이다. '드디어 올 것이 왔구나' 싶었다. 그 며칠 전 서인이가 엄마에게 했던 말이 있다.

"엄마, 의학전문대학원 진학하고 보니 공부할 것이 너무 많아서 힘들어요. 집이라도 가까우면 잠깐씩 와서 쉬고 싶은데, 그것도 어렵고…. 엄마가 해 준 밥도 먹고 싶어요. 우리 학교 앞으로 이사 가면 안 될까요?"

김포에서 서울 회기동까지 다니면서 공부하기에 지쳐 있던 서인이가 부탁과 투정을 섞어 말했다. 꼭 이사를 가자고 졸랐던 것은 아닌데도, 아내는 당장 집을 보러 가겠다고 나섰다. 그즈음 첫째는 결혼 해 따로 살고 있었고, 둘째는 미국에, 막내는 군대에 있었다.

"집에 서인이밖에 없는데 힘든 것 덜어 주어야지요. 우리가 좀 불편한 대신 서인이가 편해지니까 우리 회기동으로 이사 가요."

아내는 정말 회기동에 전셋집을 얻었다. 20여 년간 살았던 김포를 떠나 서인이 학교 말고는 아무런 연고도 없는 서울 회기동으로 갔다. 이것이 아내가 아이들을 사랑하는 방식이다. 아내는 다른 집 아이들이 어떻게 공부하고 있는지에 대해 관심을 두지 않는다. 우리 아이들이 공부를 많이 하는지 어떤지도 묻지 않는다. 요즘은 학교 입시설명회는 물론이고 취업설명회에도 부모님들이 많이 참석한다고 하는데, 아내는 그런 일에 관심을 가져 본 적이 없다.

그러나 자신이 도와줘야 할 상황이 되면 확실하게 나서서 지원을 해 준다. 희균이 초등학교 저학년 때 담임선생님이 학교에서 집으로 보내는 통지표에 아이에 대해 비난에 가까운 의견을 써 보낸 적이 있다. 생전 학교에 찾아가지 않던 아내는 그다음 날 바로 학교에 가서 선생님이 오해하고 있는 것을 설명해 드렸다. 평상시에는 조용하지만 결정적인 순간에 엄청난 힘을 발휘해 아이들을 돕는다. 아내는 아이들에게 '걱정은 하지만 간섭하지 않는다'는 철칙을 평생 지켜오고 있는 사람이다.

서인이가 가장 힘든 시기에 아내는 회기동에서 2년을 살면서 뒷바라지를 했다. 덕분에 나와 아내는 2년 동안 매주 일요일마다 김포까지 가서 교회를 다녔다. 희균이가 치의학전문대학원에 들어가면서 두 아이가 함께 살 작은 집을 얻어 주고 나서야 우리는 다시 김포 집으로 돌아올 수 있었다.

아내가 공부에 대한 주제로 아이들과 대화하는 것을 들어 본 일이 거의 없다. 공부는 각자 알아서 해야 할 자신들의 '일'이니까 엄마가 상관할 바가 아니라고 생각한다. 대신 아내가 농사짓고 있는 텃밭이나 계절이 바뀌어 꽃이 핀 풍경을 사진 찍어 아이들에게 보낸다. 아이들은 "우리 엄마는 의도하지 않게 전인교육을 하셨다."며 엄마를 놀린다. 집에 왔을 때 스트레스가 없으니 아이들은 틈만 나면 집에 오려고 한다. 그저 편안하게 쉴 수 있으니까 자꾸 집에 오고 싶은 모양이다.

아이를 양육하는 태도에 따라 크게 타이거 맘과 스칸디 맘으로 나눌 수 있다.

타이거 맘은 시간표를 엄격하게 정해 놓고 호랑이처럼 무섭게 키운다고 해서 붙여진 이름이다. 타이거 맘의 대표적 인물은 예일대 에이미 추아 교수이다. 그녀는 "아이들은 알아서 스스로에게 도움 되는 일을 하지 않기 때문에 부모가 함께 길을 모색해 주어야 한다."라고 말한다. "학교 공부가 최우선이고, A보다 낮은 성적을 받아서는 안 되며, 수학은 동급생들보다 두 학년은 앞서 나가야 한다. 특별활동은 반드시 금메달을 딸 수 있는 것만 해야 한다."라는 것이 그녀의 교육 원칙이다.

아이가 피아노를 치기 싫어 악보를 찢으니까 테이프로 다시 붙여 놓고 치게 할 정도로 엄격하게 아이들을 관리했다. 이런 방식에 논란과 비난도 있다. 하지만 에이미 추아 교수의 두 딸이 도저히 반박할 수 없는 성과를 보여 주었기 때문에 그녀의 양육 태도를 따르는 추종자들이 많이 생겨났다.

에이미 추아 교수의 자녀교육 방침에 대한 찬반을 떠나서 이게 보통 정성으로 할 수 있는 일이 아니라는 것을 알아야 한다. 아이를 키워 본 분들은 알겠지만, 이렇게 하다 보면 대부분의 부모는 지쳐 중도에 포기하고 만다. 때로는 아이와의 관계가 회복할 수 없는 상황으로 치닫기도 한다. 그런 점에서 나는 에이미 추아 교수의 노력은 충분히 인정받아야 하고, 노력 대비 효과가 확실한 양육 방식일 수 있다고 생각한다.

이와 가장 반대편 입장에서 아이를 키운 분이 여성학자 박혜란 선생이다. 아들 셋을 서울대학에 보내고, 각자의 영역에서 성공한 사람으로 키워 낸 분이다. 박혜란 선생은 아이들이 하고자 하는 바를 한발 떨어져서 지켜보고 도와주는 대표적인 스칸디 맘이다. 그의 둘째 아들인 가수 이적 씨가 방송에 나와서 "우리 어머니는 우리들에게 공부하라고 한 적이 없어요. 공부 잘하면 네가 좋은 거지 엄마가 좋을 것은 없다고 하셨어요. 어머니가 공부를 강요하지 않으니까 더 하고 싶어진 거예요."라고 했는데, 스칸디 맘의 전형적인 모습을 보여 준다.

처음부터 의도했던 것은 아니지만 우리 집 교육 스타일은 박혜란 선생 쪽에 더 가깝다. 나는 이 방식으로 했지만 그렇다고 어느 교육 방식이 더 좋다고 단정해서 말할 수는 없다고 생각한다. "내가 이 방법으로 해서 성공했으니 당신들도 따라 하시오."라고 하기는 더더욱 어렵다.

나는 타이거 맘도 스칸디 맘도 다 의미 있는 양육 스타일이라고 생각한다. 따라서 어느 방식이 절대적으로 옳다고 말하기는 어렵고 다만 어느 수준으로 부모가 개입할 것인지는 부모와 아이의 성격에 따라 정하는 것이 자연스럽다고 생각한다.

철두철미하고 적극적인 성격의 엄마가 스칸디 맘 흉내를 내려다가는 자기 성질에 못 이겨 말라 죽는다. 반대로 모진 말 못하고 부드러운 성격의 엄마가 타이거 맘처럼 철저한 계획을 세워 따라 하려면 지쳐서 오래가지 못한다. 아이의 기질도 중요하다. 자유분방하고 강하고 고집이 센 아이가 있는가 하면 어른들의 말에 잘 순응하는 모범생 같은 아이도 있다. 부모가 유순하고 아이가 자유분방하면 스칸디 맘 쪽이 어울리고 부모가 적극적이고 아이가 순응적이면 타이거 맘 스타일이 잘 맞을 수 있다고 생각한다.

다만 이 두 가지 스타일을 냉탕과 온탕처럼 왔다 갔다 하는 방식은 피해야 한다. 스타일보다 더 중요한 것이 일관성이기 때문이다. "네가 원하는 대로 공부하고, 원하는 대로 놀아 봐라." 했다가 시험 성적 나쁘면 당장 스타일을 바꾼다. "이걸 점수라고 받아 왔니? 너를 믿은 내가 미쳤지!" 그러면서 학원 보내고, 그래도 성적이 안 오르면 옆에 있는 학원으로 옮긴다. 이러면 아이는 헷갈려서 이도 저도 아닌 상태가 된다. 아이 기르는 데 정답은 없지만 일관성은 반드시 필요하다. 어느 쪽이든 적정한 규칙을 정하고 일관성을 지켜 나가는 것이 바른 양육 태도다.

또 하나 유의할 것은 아이가 자랄수록 자율성을 더 부여해야 한다는 것이다. 즉 아이가 어려서 스스로 무엇을 해야 할지 잘 모를 때는 엄마가 적극적으로 관리해 주는 것이 조금 더 효과적인 것 같다. 그렇더라도 초등학교 고학년이나 중학생부터는 아이에게 자율성을 점점 더 많이 주는 방향으로 가야만 한다. 아이가 사춘기가 되었는데도 초등학교 때 했던 방식대로 양육하려고 들면 갈등이 커질 수밖에 없다.

아이가 중학생이 되면 속된 말로 '뚜껑'이 자주 열린다. 과도하게 짜증을 내고 폭발하는 것이다. 이런 아이를 보고 있는 엄마로서는 미칠 노릇이다. 그런데 아이 뚜껑이 자주 열리는 것이 뚜껑에 문제가 있어서인지, 뚜껑을 열리게 한 열이 있었기 때문인지는 생각해 볼 필요가 있다. 이미 자신이 다 컸다고 생각하는 중학생을 초등학생 대하듯 간섭하고 잔소리하는 것이 뚜껑을 열리게 만든 '열'이라는 것을 부모들은 알아야 한다. 이걸 막으려면 미리 의식적으로 자율성을 더 부여하는 연습을 하는 길밖에 없다.

아내와 내가 아이들에게 일관된 양육 태도를 지킨 것이 또 하나 있다. 아이가 공부를 잘했거나, 상을 받아 오더라도 필요 이상으로 기뻐하거나 큰 포상을 하지 않았다. 그저 "잘했다."는 칭찬과 정해진 범위 내에서 용돈을 주는 것으로 끝냈다. 공부를 잘했을 때 가장 기뻐할 사람도 아이고, 못했을 때 괴로워하는 것도 아이의 몫이다. 이렇다 보니 우리 아이들은 엄마와 아빠의 태도에 대해 비교적 정확하게 예측을 한다. 서인이가 언젠가 이런 말을 했다.

"의학공부가 아무리 힘들어도 엄마 아빠에게 불평을 할 수가 없어요. 그러면 두 분이 동시에 '그렇게 힘들면 그만둬!'라고 말씀하실 게 분명하니까요. 제가 먼저 그만둔다고 하면 '네 생각이 그렇다면 그렇게 해라'라고 하실 거잖아요."

이 녀석, 엄마 아빠를 참 잘 안다.

2장

공부 근육 만들기, 책 읽기로 시작하다

강남은커녕 김포로 이사를 간다고?

막내 희균이가 태어난 지 20개월쯤 되던 어느 날이었다. 아내가 뜬금없는 제안을 했다.

"우리 김포로 이사 가요. 방이 세 개나 있는 농가주택이 나왔어요. 마당에서 아이들이 눈치 안 보고 마음껏 뛰어놀 수 있을 거예요."

그때 우리는 신월동 방 두 개짜리 태양연립에 일곱 식구가 살고 있었다. 어머니와 우리 부부, 그리고 네 아이들까지. 정말 발 디딜 틈이 없었다. 아이들이 많은 우리 집은 늘 복잡하고 시끄러웠다. 연립주택의 손바닥만한 시멘트 마당에서 아이들이 시끄럽게 노니까 앞 동 아줌마가 꽥 소리를 질렀다. '아들이 고3이라 집에서 공부를 하는데 우리 아이들이 방해를 한다'는 것이다. 아내가 조용히 시키기는 했지만 아이들이 그 말을 잘 들었을 리 없다. 한번은 그 아줌마가 아이들이 노는데 물을 끼얹기도 했다. 이 일로 아내는 적잖이 스트레스를 받았던 모양이다.

그러던 중 지역정보지 〈교차로〉에서 '김포 농가주택. 2백 평 사용 가능. 매매 3천만 원'이라는 광고를 보았다고 한다. 희균이를 업고 버스를 타고, 마을버스로 갈아타면서 어렵게 그 집을 찾아갔다. 1990년대 초반 김포시 고촌면은 지금과 달리 쌀농사를 짓는 농지가 대부분이었다. 〈대추나무 사랑 걸렸네〉라는 TV 드라마 처음 촬영지가 고촌이었으니 그곳 환경이 어떤지 짐작할 수 있을 것이다.

"집은 허름하지만 꽤 넓어요. 마을 입구가 전부 논이에요. 서울 가까운 곳에 이런 곳이 있을까 싶을 정도로 한적한 시골이에요."

"그런 집이면 대중교통이 좋지 않을 텐데 불편하지 않겠소?"

"괜찮아요. 저 얼마 전에 공짜로 받은 자동차 있잖아요. 차가 있으니 시골로 이사 가도 충분히 생활할 수 있어요."

그러고 보니 아내는 얼마 전 〈교차로〉에서 포니2 자동차를 공짜로 준다는 광고를 보고 김포로 찾아간 적이 있었다. 김포에 사는 어떤 사람이 폐차해야 할 차를 폐차 비용 아끼자고 그냥 준 건데, 그걸 끌고 와서 명의변경을 해 놓은 후였다. 그런데 이번까지 딱 두 번 가 봤던 김포로 이사를 가자는 것이다. 그러면서 나직한 목소리로 고백을 했다.

"사실, 오늘 3백만 원을 주고 이미 계약을 하고 왔어요."

낯선 시골의 농가주택에 혼자 가서 덜컥 계약까지 하고 오다니…. 무모한 건지 용감한 건지…. 아내는 의논이 아닌 통보를 해 왔다. 아내는 한 번 봐서 괜찮다 싶으면 앞뒤 재는 법이 없다. 집에 관한 의사 결정은 살림을 사는 아내가 한다는 우리 집의 방침도 결정하는 데 크게 작용했다.

좀 더 알아보니 그 집은 땅 주인은 따로 있고, 건물만 가진 주인이 내놓은, 조금 복잡한 부동산이었다. 남편이 출판사에서 일하지만 그래도 법학전공자인데 한마디 의논도 없이 이런 위험한 부동산을 계약하다니…. 아내를 원망할 틈도 없었다. 이런 집에 들어갈 것인가, 말 것인가를 내가 결정할 차례였다. 안 들어가면 계약금 3백만 원을 날리는 거고, 들어가 살면 집값 3천만 원을 날릴 위험을 안고 사는 것이었다.

어머니께 이사에 대해 말씀을 드렸다. 당신 아들이 공부 잘한 것을 평생의 긍지로 알고 사셨던 어머니는 당연히 반대하셨다.

"아니, 남들은 애들 교육 때문에 강남으로 간다는데, 뭐라고? 김포 농가로 이사를 가겠다고? 아이들 공부는 어쩌고?"

거기다 대고 아내는 기어들어 가는 목소리로 대답을 했다.

"김포로 가면 넓으니까 마음대로 뛰어놀 수 있고 좋잖아요. 공부야 어차피 지들 하기 나름인 거고…."

나는 아내의 손을 들어 주기로 했다. 아내가 이 정도 의지를 보이는 일이면 이사를 가는 것이 맞겠다 싶었다. 솔직히 계약금 3백만 원을 떼이는 것이 아깝기도 했다.

이사하는 날 처음으로 김포 농가주택에 가 보았다. 세 개라던 방은 문만 달려 있어 세 개로 보일 뿐 분리된 공간이라고 하기도 어려웠다. 슬레이트 지붕은 허술해서 나중에 보니 비가 샜다. 마당 멀찍이 떨어져 있는 화장실은 '푸세식 변소'였다. 한숨이 절로 나올 수준의 집이었다. 일단 이삿짐을 옮기고 급한 대로 손을 좀 봤다.

살다 보니 화장실이 제일 문제였다. 나무 널빤지를 세로로 놓은 발판은 물에 젖으면 미끄러웠다. 어려서 몸의 균형을 잘 잡지 못했던 셋째와 넷째는 발을 잘못 디뎌 화장실 분뇨통에 빠지기도 했다. 분뇨통이 다 차면 정화조 차가 와서 퍼 가야 하는데 이 집에는 차가 올라올 수 있는 길이 나 있지 않았다. 때가 되면 아내가 마스크, 모자, 장갑을 끼고 분뇨를 퍼서 일일이 수레로 옮긴 뒤 밭에 뿌리는 일을 했다. 추운 겨울에는 화장실이 멀어서, 더운 여름에는 냄새 때문에 화장실 가는 것이 고역이었다.

아내는 이곳으로 오자고 우긴 탓인지 집의 상태에 대해 아무런 불만도 내색하지 않았다. 내가 반대를 하지 않고 따라와 준 것이 미안해서인지 궂은일을 혼자 처리했다. 우리 집은 결정 내린 사람이 책임진다는 원칙이 부부 사이에도 적용된다. 어머니는 연희동 교회에 자주 가야 한다는 이유로 신촌에 방을 얻어 나가셨다. 가끔 김포에 들러 텃밭

농사를 도와주고 서울로 돌아가시곤 했다.

좁은 집에서 갇혀 살다가 넓은 곳으로 오니 아이들은 신났다. 집 밖에 나가 봐야 군것질할 가게 하나, 변변한 학원 하나 없어 집에 모여 자기들끼리 놀았다. 집 주변이 전부 놀잇감이었다. 사방에 널린 풀, 꽃, 나뭇가지를 가지고 놀았다. 아이들은 병아리를 사 왔다. 토끼와 칠면조를 키운 적도 있다. 자연이랑 가까워지면서 동물과 식물에 대한 호기심이 많아졌다. 동물과 식물에게 쏟는 시간이 많아지면서 눈에 띄게 성정이 부드러워졌다. 김포 농가주택으로 오면서 도시의 편리함을 포기한 대신, 눈부신 자연과 그 자연과 교감할 수 있는 여유를 얻었다.

그렇게 비가 오면 천장에서 물이 새서 양동이를 받쳐야 하는 허술한 집에서 8년을 살았다. 몇 해 뒤에 땅 주인에게 연락해서 비로소 농가주택이 깔고 앉은 땅을 매입했다. 주인은 팔기 어려운 땅을 사겠다는 이가 나서니 얼른 팔았다. 건물만 샀던 처음의 불안에서 겨우 벗어날 수 있었다.

책 읽기가 가장 쉬웠어요

시골로 오면서 가장 많이 바뀐 아이는 첫째 서영이다. 서영이가 초등학교 3학년 때 서울에서 김포로 이사를 했다. 서울 신월동에 살 때는 친구가 아침에 우리 집에 와서 "서영아, 학교 가자!"라고 이름을 부르면 그때야 일어났다. 그러면서 "쟤는 왜 아침 일찍부터 와서 잠을 깨워! 너 먼저 가!"라며 성질을 부렸다. 서영이는 엎어지면 코 닿을 거리에 있는 초등학교를 맨날 지각하면서 다녔다.

김포에서는 초등학교가 꽤 멀었다. 매일 마을버스를 타고 학교에 갔다. 늦잠을 자서 마을버스를 한번 놓치면 꼼짝없이 30분 뒤에 오는 다음 차를 기다리거나 아니면 40분을 걸어가야 했다. 서영이는 그 일을 몇 번 겪더니 늦게 일어나는 일이 없어졌다. 정신을 바짝 차리고 버스 시간에 맞춰 나갔다. 농촌에서의 생활이 서영이의 등교 습관을 일시에 바꿔 놓았다.

김포로 오면서 아이들은 시간이 더 많아졌다. 학원은 몇 달 피아노학원 간 것 정도가 전부였다. 일부러 안 보낸 건 아니고, 주변에 갈 만한 학원이 없어서 보내지 못했다. 아이들이 가겠다고 했으면 보냈을 것이다. 멀리 있는 보습학원이라도 보낼까 생각한 적도 있었지만, 주변 아이들을 살펴보니 학원 다니는 아이나 다니지 않는 아이나 성적에 별 차이가 없어 보였다. 그럴 거면 굳이 학원에 보낼 필요가 없겠다 싶어 보내지 않았다.

밖에 나가 봐야 자연 말고는 별 게 없다는 것을 알게 된 아이들은 집에서 할 일을 찾았다. 가장 쉽게 할 수 있는 일이 책 읽기였다. 그때 아이들이 읽을 만한 책이 많이 있었다. 아빠가 출판사에서 책을 만드는 책임자였으니 더 말할 게 없는 데다, 이제껏 책 사는 것에 돈을 아껴 본 적이 없어서였다. 책 사는 데 돈을 많이 쓴다고 해도 사교육비로 쓰는 돈과 비교하면 훨씬 적게 든다. 게다가 우리 집은 네 명의 아이들이 차례로 읽으니 책 한 권을 사면 본전을 뽑고도 남았다.

아이들은 집에 있는 책을 읽고 또 읽었다. 둘째 서진이가 "고등학교 때까지 책을 수천 권은 읽은 것 같다."고 표현했을 정도다. 한 번 읽은 책이 재미있으면 여러 번 반복해서 읽었으니 읽은 횟수로 보면 네 아이 모두 그 정도 될 것이다.

편집자인 아빠가 만든 책을 가져가면 아이들은 더욱 흥미를 가지고 책을 읽었다. 아이들의 독서 수준이 높아지면서 검토 중인 원고를 가져가 아이들에게 의견을 물은 적도 있다.

"이거 아빠 회사에서 낼까 말까 고민 중인 어린이 책인데, 한번 읽어 볼래?"

아이들이 읽어 보고 호기심을 보이는 원고를 우선적으로 출간했던 적도 여러 번 있다. 책을 많이 읽으니까 재미있다, 없다 판단을 할 수 있게 된 것이다. 때로는 날카로운 조언도 내게 해 주었다.

"이 책은 재미는 있지만 교육적이지 않아요. 엄마들은 아이들에게 책에 교훈이 있어야 사 주는데, 이 책은 그저 재미있기만 해서 사 주지 않을 거 같아요."

아이들과 대화하며 표지 아이디어를 얻은 적도 있다. 회사에서 서점용 월간학습지를 개발했는데 판매를 잘할 뾰족한 방법이 떠오르지 않았다. 교재 내용은 무척 좋았는데 회사가 잘하는 방문판매 상품이 아니라 서점판매 상품이었기 때문에 그랬다. 그때 서영이가 지나가듯 말했다.

"아빠, 요즘 '서태지와 아이들'이 인기예요. 친구들이 서태지 사진을 사려고 문방구에 자주 가요. 아빠가 만드는 책에도 '서태지와 아이들'을 써서 광고하세요."

학습지이지만 어차피 아이들이 볼 책이니 애들 취향에 맞추는 것도 좋을 것 같았다. 회사 실무자들과 '서태지와 아이들'을 활용하는 방법을 검토하였다. '서태지와 아이들'을 광고 모델로 쓰면 좋겠지만 그럴 예산은 없어서 이들이 공부하는 장면을 캐리커처로 그려 표지 이미지로 사용하는 방법이 추진되었다. 그렇게 '서태지와 아이들'의 그림을 표지에 넣어 학습지를 냈는데, 이게 대박이 났다. 나오자마자 학년당 3만 부, 총 18만 부가 팔려 나갔다. 서영이가 준 아이디어 덕분에 아빠의 고민이 일시에 해결되었다. 아이들이 책을 많이 읽으니까 출판편집자 못지않게 내용을 객관적으로 보는 능력이나 새로운 아이디어가 생겨난 것이 아닌가 싶다.

책에서 배운 지식을 실제로 확인해 보는 일도 자주 있었다. 하루는 내가 회사에 간 사이 허술한 문틈을 비집고 뱀이 집 안으로 들어왔다. 뱀이 방으로 들어가는 것을 본 아내는 크게 놀랐던 모양이다. 이때 사람이 요란스럽게 뱀을 쫓으면 안 된다. 놀란 뱀이 어딘가로 도망가 깊게 숨을지 모르기 때문이다. 뱀 쫓으려다가 집 안 살림 다 뒤집어야 하는 일이 생긴다. 다행히 아내는 정신을 차리고 뱀이 들어간 방문을 닫았다. 그리고 동네 사람을 불러 뱀을 처리해 달라고 부탁을 했다고 한다. 뱀을 다루는 데 능숙한 마을 사람이 침대 밑에 엎드려 있던 뱀을 잡아 바깥으로 내보냈다.

학교에 다녀와 엄마에게 뱀 이야기를 들은 서인이는 엄청난 흥미를 보였다. 얼마 전에 뱀에 대한 책을 읽은 것을 기억해 내면서 신이 났다.

"엄마, 뱀 머리 모양이 어땠어요? 세모 모양이면 독사인데…. 몸 색깔은 어땠어요? 몸은 얼마나 길었어요?"

뱀을 무서워하는 게 아니라 오히려 아이는 책에서 봤던 내용을 확인하며 기뻐했다.

그 뒤로도 우리 집에는 쥐를 비롯한 여러 동물들이 수시로 드나들었다. 농가주택에서 자주 겪는 일이라 나도, 아이들도 어지간한 일에는 놀라지 않게 되었다. 그리고 조금씩 삶의 자세가 달라졌다. 농가주택이라는 것이 도시 아파트처럼 빡빡한 규범을 가지고 살 수 있는 환경이 아니다. 아이들을 바짝 조여서 키우기도 어렵다. 뱀과 쥐가 드나드는 집에 살면서 아이들 성적 잘 나오게 해 달라고 바라는 것도 좀 이상했다. 허름한 집에 살다 보니 세속적인 욕심이 줄어들었다고 할까?

"그래, 책 많이 읽어라. 수학 문제집, 영어 참고서만 붙잡고 있는 것보다 지금 여러 가지 책을 많이 읽는 것이 나중에 너희들의 인생을 훨씬 풍요롭게 해 줄 것이다."

책 만드는 아빠가 해 줄 수 있는 가장 확실한 인생의 가르침이었다.

꿀 바른 책

아이들이 읽는 책의 종류가 다양해지고 수준 또한 높아지면서 독서에 조금 욕심을 냈다. 더 많은 책을 읽히고 싶었다. 책 읽는 속도를 내서 이참에 성경책도 읽게 하고 싶었다. 하지만 아이들에게 무조건 책을 더 읽으라고 강요하지는 않았다. 아이가 잘 따라 주면 다행이지만 그렇지 않으면 책 읽는 것에 대해 반감이 생길 수도 있을 것 같았다.

그러다가 책 읽는 정도에 따라 상을 주는 방법을 생각해 냈다. 탈무드를 해설해 놓은 책에서 보니 유대인은 아이들에게 처음 글자를 가르칠 때 꿀을 발라 놓는다고 한다. 아이가 손가락으로 글자를 따라 쓰면서 달콤함을 맛볼 수 있도록 말이다. 거기서 힌트를 얻어 나는 꿀을 용돈으로 바꾸었다.

나는 용돈을 주는 방식을 바꿔, 매월 주는 기본 용돈은 버스비 정도만 쓸 수 있게 확 줄였다. 나머지 비용은 일을 해서 벌도록 했다. 구두닦기, 청소하기, 설거지하기, 세차하기 등 돈을 벌 수 있는 기회를 많이 만들고, 책을 읽어도 돈을 주기로 했다.

성경 한 장(챕터)을 읽으면 백 원을 주었다. 구약성경 첫 부분 창세기는 50장으로 되어 있다. 창세기를 다 읽으면 5천원의 용돈이 생기는 것이다. 그러다 보니 창세기를 열 번 넘게 읽은 아이도 있다. 성경에는 어려운 낱말도 많이 나오고 외래어, 지명, 인명도 많아서 어른들도 처음에는 읽기가 수월하지 않다. 우리 아이들도 처음에는 성경을 읽는 데 고생을 했지만 계속 읽다 보니 어려운 글을 읽는 데 익숙해졌다. 성경을 술술 읽을 정도가 되면 웬만큼 어려운 책도 어려움 없이 읽게 된다. 그리고 부모 입장에서 꼭 읽히고 싶은 책이 있으면 책값의 반 정도를 용돈으로 준 적도 있다.

책을 읽는 것을 돈으로 보상하면서 한 가지 유념한 점이 있다. 아이들이 책 읽기를 좋아하도록 재미 삼아 용돈을 준다는 것을 알게 한 것이다. 책을 읽으면 돈을 주는 것이 책을 읽게 하기 위한 것이지, 돈을 주기 위한 것이 아니라는 점을 아이들에게 명확하게 인식시켰다.

이스라엘의 어느 어린이집에서 아이를 늦게 데려가는 어머니들이 있어서 이를 바로잡기 위해 늦게 데리러 오는 학부모에게 벌금을 내게 했다고 한다. 그랬더니 부작용이 생겼다. 벌금을 낸 어머니들은 당당하게 아이들을 늦게 데려가고, 늦어도 미안해하지 않더란다. 돈을 냈으니 미안해하지 않아도 된다고 생각한 것이다.

약속을 지키게 하려고 만든 제도가 원래 취지를 상실하게 하는 것은 곤란하다. 책을 읽으면 돈을 주는 것도 마찬가지다. 책을 읽는다고 돈을 받을 권리가 생기는 것은 당연히 아니다. 재미있는 책을 읽었는데 돈까지 생겨서 더욱 감사하게 느끼도록 운영해야 한다.

물론 규칙을 만들고 운영하다 보면 의도했던 것과 다른 일이 생겨나기도 한다. 우리 집에서도 비슷한 경우가 생겼다. 막 사춘기가 시작된 서영이는 하이틴로맨스를 많이 읽었다. 그래도 모른 척 넘어가 주었다. 책 읽는 습관을 들이고 그 안에서 재미를 찾는 내적 동기부여를 위해 시작한 일이니 로맨스 소설이고 만화책이고는 상관없었다. 가슴 야릇해지는 로맨스 많이 읽어서 연애관 이상해진 사람 없다. 만화책 많이 봐서 인생 망가진 사람 보지 못했다. 어릴 때는 장르가 어떻든 읽는 습관을 들이는 것이 훨씬 중요하다.

어느 자리에서인가, 아이들에게 책을 읽히기 위해 돈을 주었다고 했더니 "그걸 언제까지 계속해야 효과가 있어요?"라고 묻는 이가 있었다. 내 대답은 '아이가 책 읽는 재미를 알 때까지'다. 책 읽는 즐거움을 알았는데 돈을 계속 주는 부모가 있다면 이 방법의 취지를 이해하지 못한 것이다. 우리 집에서는 책을 읽으면 돈을 주는 제도가 언제부터

인가 사라졌다. 언제 끝났는지 기억도 가물가물하다. 아이들의 책 읽는 습관이 잡히면서 더 이상 돈을 주지 않아도 알아서 책을 읽었기 때문이다.

독서의 시작은 재미다. 책을 읽기 시작한 초기에는 아이들의 재미를 방해하는 그 어떤 걸림돌도 있어서는 안 된다. 아이의 독서습관을 정착시키기 위해서는 부모의 절제가 필요하다. "몇 권 읽었어?" "많이 읽었어?" "이 부분에서 무엇을 느꼈어?" 아이에게 동기부여 한답시고 이런 질문이 오가는 순간 아이는 책 읽는 재미가 떨어지기 시작한다. 아이의 독서에 부모의 욕심이 개입하면 그때부터 책 읽기는 재미가 아니라 해치워야 할 과제로 전락해 버린다. 그저 "재미있었어?" "어떤 장면이 제일 좋았어?" 정도면 충분하다.

책 읽기는 요즘 말로 가성비, 즉 비용 대비 효과가 가장 높은 학습법이다. 공부의 본질은 개념을 확립하면서 깨침을 얻는 것인데, 독서 역시 궁극에는 개념을 형성해 나가면서 깨침을 얻는다는 점에서 공부를 하는 과정과 유사하다. 독서로 지식과 정보를 얻는 훈련이 된 아이들이 대체로 공부를 잘하는 것이 바로 이런 연관성 때문이다.

어린아이의 독서는 정교하거나 치밀하지 않아도 된다. 폭넓고 다양한 독서는 아이의 가능성을 넓혀 준다. 책을 좋아하고, 좋아하는 책을 여러 번 읽을 수 있는 방법이면 그 어떤 것도 괜찮다. 때로 전문가의 손을 빌리는 것도 좋다. 전문가와 함께하는 과정을 아이가 즐거운 마음으로 참여해서 성과를 만들어 내는 것이라면 의미가 있다. 하지만 빠른 시간에 성과가 나오기를 바라는 엄마의 조급한 마음 때문에 전문가에게 맡기는 것이라면 얻는 것보다는 잃는 것이 많을 수 있다. 어릴 때 독서는 몇 권 읽었느냐보다는 책 읽는 게 재미있는 일이라는 것을 경험하고 책 읽는 습관을 몸에 배게 하는 것이 무엇보다도 중요하다는 것을 잊어서는 안 된다.

독서에서 부모의 역할은 아이가 어떻게 하면 책에 대해 흥미를 가질 수 있을지 생각하고 그런 환경을 만들어 주는 것이다. 유대인이 글자에 꿀을 발라 놓아 배움이 달콤하다는 것을 아이에게 깨우쳐 주는 것처럼 부모는 자녀에게 독서의 재미를 알게 해 주면 된다. 꿀을 얼마나 먹고, 어떻게 먹을 것인지는 전적으로 아이에게 맡겨 놓아야 한다.

책 많이 읽으면 좋은 대학 갈 수 있어요?

서영이가 초등학교 6학년에 갓 올라간 때였다. 퇴근하고 집에 왔더니 진지한 얼굴로 아빠에게 할 말이 있다고 했다.

"저 서울에 있는 학교로 전학시켜 주세요. 오늘 제 친구 한 명이 또 서울로 전학 갔어요. 전학 가는 애가 그러는데 김포에서 학교 다니면 좋은 대학에 못 간대요. 그래서 걔는 방화동에 있는 학교로 전학 가는 거래요."

아이가 6학년이 되자 교육에 관심 있는 학부모들 중 일부는 서울의 학군 좋은 곳으로 이사를 했다. 이사를 해서 전학하는 것은 차라리 낫다. 어떤 가정에서는 집은 그대로 두고 주민등록상의 주소만 서울로 옮기는 속칭 위장전입을 했다. 서영이도 그런 방법이 있다는 것을 알게 된 모양이었다.

"이사하지 않고 주소만 서울로 옮기면 좋은 중학교 갈 수 있대요. 친구 ○○이도 그렇게 했대요. 저도 주소 옮겨서 좋은 중학교 가게 해 주세요."

'김포에서 공부하면 원하는 대학교 못 간다'는 말에 아이는 충격을 받은 것 같았다. 아이의 입에서 위장전입 이야기가 나오니 순간적으로 아무런 대답을 하지 못했다. '그냥 김포에 살아도 괜찮다'고 어물쩍 넘어갈 수 있는 상황이 아니라는 것을 직감했다. 그런데 내 가치관으로는 서울로 이사를 갈 수는 있어도 위장전입은 시킬 수 없었다. 김포 생활에 익숙해지고 보니 서울로 나가고 싶은 생각은 들지 않았다.

"서영아, 네가 보기에는 좋은 대학 가는 방법을 전학 간 애들의 부모님이 잘 알 거 같아, 아니면 아빠가 잘 알 것 같아?"

조금 치사한 유도 질문이기도 하다.

"아빠가 잘 알 것 같아요."

"그래. 아빠가 회사에서 책도 만들고, 학습지도 만들고 있는 거 알지?"

아이는 고개를 끄덕였다. 나는 내처 물었다.

"아빠가 너 대학교 안 보내면 등록금 아낀다고 좋아할 거 같아? 아니면 돈이 많이 들어도 대학교 보내고 싶어 할 것 같아?"

아이는 당연히 후자 쪽으로 대답했다.

"대학교 가는 방법도 잘 알고, 책을 만드는 사람이고, 학비 아낄 마음 없는 아빠가 하는 이야기니까 한번 들어 봐라."

나는 서영이에게 좋은 대학교 가는 '진짜 방법'을 알려 주기 시작했다.

"김포에서 공부해도 얼마든지 네가 원하는 대학교 갈 수 있어. 중요한 것은 어디에 있는 학교인가가 아니란다. 어떻게 공부하느냐가 중요한 거야. 좋은 동네에 있는 학교에 가면 여기서보다 잘할 것 같은 생각이 들겠지. 하지만 그게 진짜 네 실력이 되는 것은 아니야. 너는 여기서 공부해도 충분히 좋은 대학교 갈 수 있어. 너는 책을 많이 읽었잖아!"

아이는 책을 많이 읽었으니까 좋은 대학에 갈 수 있다는 말에 눈이 동그래졌다.

"정말이요? 책 많이 읽으면 좋은 대학교 갈 수 있어요?"

"그럼, 갈 수 있고말고."

이렇게 자신 있게 말할 수 있었던 것은 내가 공부를 해 보면서 얻은 확신이 있었기 때문이다. 내가 대학 입학시험을 볼 때는 국어, 영어, 수학, 국사, 제2외국어 말고도 사회 4과목으로 정치경제, 인문지리, 국토지리, 세계사를 보고, 과학 4과목으로 물리, 화학, 생물, 지구과학을 전부 봤다.

나는 사회, 과학 과목 책을 읽는 것이 무척 재미있었다. 시험을 잘 보기 위한 공부만 했다면 그렇게까지 재미있지는 않았을 것 같다. 교과서 내용을 외우기 위해 책을 읽은 것이 아니라 사회, 과학의 원리를 깨우치는 즐거움으로 책을 읽고 공부를 했다. 당연히 시험 점수도 좋았다. 각 과목의 원리를 파악하고 있었으니 시험을 못 볼 수가 없었다. 그때 공부하면서 익힌 내용을 지금도 강연이나 글쓰기, 사람들과의 대화에 활용하고 있다.

독서는 거칠게 널려 있는 세상의 지식을 습득하는 행위다. 그것이 당장에는 직접적인 도움이 되는 것 같지 않지만 나중에 교과공부를 할 때 유용하게 쓰인다. 책을 읽어 지식을 삼킨 아이는 왕성한 소화력을 갖는다. 들에서 거칠게 자란 풀, 곡식을 날것으로 먹어 봐서 어지간한 것쯤은 씹어 삼킬 수 있다. 반면 참고서와 문제집의 지식은 정제되어 있는 음식이다. 잘 갈아진 밀가루와 설탕으로 만든 음식은 부드럽지만 소화기관은 그에 맞춰 약해진다. 조금만 거친 음식이 들어와도 속이 답답하고 탈이 난다.

대학 입학시험 준비는 단기간의 승부가 아니다. 초·중·고를 합쳐 12년을 달려야 하는 장기전이다. 부드러운 유동식만 먹어서는 긴 싸움을 치를 수 없다. 거친 음식을 먹어 본 아이는 소화기관이 발달해 어떤 상황이 와도 이겨 낼 수 있다. 대학입시와 같은 장기전에서는 크고 넓은 지식을 체계화한 아이가 유리하다.

책으로 얻은 지식은 기억이 잘 난다. 전후 맥락이 있기 때문이다. 영어 단어를 외울 때 뜻만이 아니라 문장 속에서 쓰임을 익히면 더 잘 이해되는 것과 비슷하다. 책을 읽어 지식을 얻는 것은 퍼즐을 한 조각씩 갖게 되는 것과 마찬가지다. 그것이 학교 공부를 하면서 한데 맞춰진다. 여기저기 널려 있던 지식들이 엮이면서 전체 그림이 완성된다.

서영이에게 책을 읽으면 왜 공부를 잘하게 되는지 알아듣게 설명해 주었다. 동생 셋도 다 오게 해서 듣게 했다. 이것은 나머지 아이들의 미래 문제이기도 했기 때문이다. 그 뒤로는 어느 누구도 서울로 전학 가는 친구들 때문에 흔들리지 않았다. 차례대로 김포에 있는 중학교, 고등학교에 진학했다. 아이들 넷은 같은 초등학교 동창생이며 같은 고등학교 선후배이다. 그리고 각자 자기가 원하는 대학에 진학했으며 자기 갈 길을 가고 있다.

'책 많이 읽으면 좋은 대학교 갈 수 있다'는 아빠의 말은 딱 맞은 셈이다.

글쓰기와 논술, 독서로 완성하다

우리 집에서 '책 많이 읽으면 원하는 대학 갈 수 있다'는 사실을 가장 잘 입증한 아이는 둘째 서진이다. 서진이야말로 독서의 힘이 공부에 제대로 직결된 경우라고 본다. 서진이는 어릴 때부터 비교적 조용한 아이였다. 그렇다고 쉬운 아이는 아니었다. 평상시에는 자신을 드러내지 않지만 결정적인 순간에 주견이 가장 뚜렷한 아이가 서진이다.

서진이가 여섯 살 때 일이다. 한 지인이 일 때문에 나를 찾는 전화를 했는데 서진이가 받았다.

"아무도 안 계시니?"

"저는 서진이구요, 여섯 살이에요."

"응, 그렇구나! 그런데 집에 아무도 없어?"

"저는 김서진이에요."

전화를 건 이는 그제야 알았다고 한다. 왜 집에 아무도 없는가? 여섯 살 서진이가 있는데 말이다. 서진이는 자신이 집에 '있다'고 당당하게 말하는 중이었다. 서진이는 부모가 개입할 일이 거의 없이 알아서 행동하는 아이였다. 모범생이지만 갈등이나 고민이 없지는 않았다. 아마 그럴 때는 책을 읽으며 스스로 어려움에서 헤쳐 나오는 방법을 찾아냈을 것이다. 서진이는 우리 집에서 책을 가장 많이 읽은 아이다.

서진이는 학원이나 과외의 도움을 받지 않고 서울대 소비자아동학과에 입학했다. 학교도, 전공도 본인이 알아서 정했다. 학과를 정하고 난 후 경영자인 아빠가 살짝 거들기는 했다.

"아빠가 경영을 해 보니 소비자를 아는 것은 마케팅과 연관이 많더라. 네가 소비자아동학과에 진학해서 공부를 잘해 놓으면 나중에 마케팅 관련 일을 하는 데 도움이 될 거다."

서진이는 학부를 마치고 서울대 경영대학원에 진학했다. 대학원을 졸업하고는 국내 대기업에 취업을 해서 3년 6개월 정도 돈을 벌었다. 어느 날 "저는 회사생활을 하는 것보다 공부하는 게 더 재미있어요." 하더니 회사에 다니면서 유학 준비를 병행했다. 저녁이나 주말에 토플, GRE 학원에 다니고, 영문 에세이 쓰는 연습을 하고, 서류도 외국으로 직접 보냈다. 두 개 학교의 입학 허가를 받아 그중 조건이 더 좋은 학교를 선택했다. 현재 박사과정 전액을 장학금으로 받고, 생활비 일부도 보조를 받으며 미국의 템플대학에서 공부하고 있다. 기업혁신 전략이 서진이 전공 분야다.

돌아보면 서진이는 학년이 올라갈수록 공부를 더 잘했다. 서울대학교에 입학했으니 목표 달성했다고 생각하지 않았다. 학교에 다니면서도 저학년 때보다 고학년 때 성적이 좋았다. 내가 보기에 학부보다 대학원, 대학원보다 박사과정에 있는 지금 공부를 훨씬 더 잘한다.

서진이는 중고등학교 때 사회 과목을 재미있어 했다. 책에서 읽은 지식이 충분하기 때문에 사회공부를 힘들게 하지 않아도 되었기 때문이다. 서진이에게 학교에서 하는 공부는 책에서 얻은 지식을 거르는 과정이었다.

서진이가 서울대학교에 들어갈 때는 입학전형에 논술시험이 포함되어 있었다. 이때도 유난스럽게 준비하지는 않았다. 수능시험이 끝난 뒤 담임선생님의 권유로 서울에 있는 논술학원에 두 주 정도 다닌 게 전부였다. 이 학원에서 실시하는 첫 논술 모의고사에서 전체 2등을 했다. 학원에서는 대학별 논술시험의 특징이나 작성 요령을 익히는 정도였다. 서진이 머릿속에 이미 독서를 통해 익힌 논리와 관점이 서 있었기에 요령을 익히자 즉시 적용이 가능했을 것이다.

서진이가 공부를 잘하고, 글을 잘 쓰는 이유가 머리가 좋아서만은 아니다. 그보다는 어릴 때 읽은 책들에서 얻은 풍부한 기초 지식이 든든

한 공부의 자산이 되었기 때문이다. 이런 학습 원리를 아는 서진이가 고등학교보다 대학에서, 대학보다 대학원에서 공부를 잘하는 것은 어찌 보면 당연한 일이다.

우리 아이들은 둘째만 빼고 세 명의 아이들이 다 이과를 선택했다. 초등학교 때 〈과학앨범〉〈한국의 자연탐험〉 등 좋은 과학 전집들을 반복해서 읽은 것이 도움이 되었을 것 같다. 초등학생 때 이미 중학생 이상의 체계적 과학 지식이 쌓여 있었다. 기초 지식이 있으니 학교에서 선생님이 수업 시간에 말씀하시는 내용이 바로바로 귀에 들어올 수밖에 없었다. 이과 전공자들이지만 글로 자기 의사를 표현하는 데 부족함이 없을 정도의 문장력도 갖추고 있다. 글을 많이 읽으면서 자연스럽게 글쓰기도 익힌 것이다.

독서를 통해 얻은 지식과 감각은 머릿속 여기저기에 흩어져 있다. 그러나 줄기로 연결되어 있어서, 어느 날 줄기를 힘차게 잡아당겼을 때 서로 연결되어 쭉 딸려 나온다. 감자 줄기를 뽑았을 때 흙 속에 묻혀 있던 굵은 감자가 줄줄이 나오듯 말이다. 참고서만 읽고, 문제집만 풀었던 아이들은 기대보다 많은 수확을 하기가 어렵다. 그러나 책을 많이 읽은 아이들은 당장 겉으로는 별 차이가 없는 것처럼 보여도 땅 밑에서 크고 실한 열매가 영글고 있다. 나중에는 본인도 놀랄 정도로 커다란 열매가 우르르 딸려 나온다.

그래서 책 읽기는 유아기부터 초등, 중등 시절에 집중해야 한다. 고등학교 때는 책을 통해 알게 된 지식을 체계화해 공부로 연결시켜야 할 때이다. 책을 읽으면서 길렀던 내용 이해력, 핵심을 파악하는 능력을 최대한 끌어올려야 하는 시기다.

셋째 서인이도 이와 비슷한 이야기를 한 적이 있다. 서인이가 고등학교 때 제법 좋은 성적을 받아 왔기에 어떻게 해서 성적이 올랐는지 궁금했다.

"저는 선생님이 칠판에 써 놓은 내용을 이해하면서 공책에 옮겨 적었어요. 어렵지 않게 내용이 이해가 되었어요. 그런데 나중에 알고 보니, 친구들 중에는 선생님이 칠판에 쓰신 것을 일단 공책에 베껴 놓은 다음 나중에 이해하려고 하는 애들이 많았어요. 들으면서 금방 이해하기가 어려웠나 봐요."

아이가 대견했다. "어떻게 그런 차이가 생긴 것 같니?"라고 다시 물었더니, 서인이는 "아빠, 저도 어렸을 때 책 좀 읽었잖아요." 한다. 책 좀 읽은 아이다운 답변이다.

같은 책을 반복해서 읽을 때 나타나는 효과

부모는 아이의 독서 수준이 체계적으로 높아지기를 바란다. 그래서 학년별 필독도서를 찾기도 하고 독서전문가에게 도움을 요청하기도 한다. 우리 아이들은 학교나 집에 꽂혀 있는 책을 마구잡이로 읽어 댔다. 우리 집에서 책을 가장 많이, 효과적으로 읽은 서진이조차도 체계적인 독서 프로그램을 따르는 방식이 아니었다.

　서진이는 똑같은 책을 여러 번 반복해서 읽는 것을 좋아했다. 〈세계 전래동화〉는 30권이 넘는 전집이었는데, 이 책들을 평균 다섯 번씩은 읽었다. 좋아하는 시리즈는 열 번 넘게 읽은 것도 있다. 어떤 책들은 1월에 한 번 읽고, 2월에 또 한 번 읽는 식으로 매달 한 번씩 다시 읽었다. 단행본 소설도 재미있으면 평균 세 번씩은 반복해서 읽었다.

누가 딱히 시킨 것도 아닌데 서진이는 재미있고 좋아하는 책을 몇 번이고 되풀이해서 읽었다. 두 번째 읽으면서는 내용을 아니까 첫 번째보다 빨리 읽는다. 세 번째는 그보다 더 읽는 속도가 빨라졌다. 처음에는 전부 이해되지 않던 책도 반복해 읽으면서 완벽하게 내용을 이해했다.

"초등학교 4학년 때인가 『노인과 바다』를 처음 읽었어요. 그때는 백 퍼센트 이해하지는 못했어요. 그래도 두세 번 읽고 나니까 나름 이해도 되고 제 시각에서 해석할 수 있게 되었어요."

『노인과 바다』는 나도 고등학교 때 읽다가 잘 모르겠어서 덮은 소설이다. 물론 서진이도 지금 똑같은 책을 다시 읽으라고 하면 그럴 시간도 없고, 질려서 보지 않을 것이다. 어렸을 때의 서진이는 좋아하는 책이면 몇 번이고 똑같은 걸 되풀이해서 읽었다. 재미있는 대목에서는 처음 읽은 듯 깔깔거리며 웃었다.

서진이는 초등학교 때까지 딱히 종류나 분야를 정해 두지 않고 책을 읽었다. 그냥 집 책꽂이나 학교 도서관에서 잡히는 대로 읽었다. 한국사, 세계사, 그리스 로마 신화는 만화책으로 봤다. 중학교 이후로는 조금 정제된 책을 골라 읽었다. 주로 문학작품이 많았다. 틈날 때마다 대하소설이나 베스트셀러 소설도 찾아 읽었다.

서진이는 어렸을 때 과학도서도 좋아했다. 특히 과학잡지를 매월 기다리면서 읽었다. 그즈음 내가 다니던 회사에서 어린이용 자연생태잡지 〈까치〉를 발간하고 있었다. 서진이는 이 잡지를 무척 좋아했다. 자기 마음에 드는 기사는 오려서 스크랩을 해 놓기도 했다. '천둥번개는 왜 칠까?' '말티즈를 기르는 법'처럼 아이들 흥미에 맞는 기획기사들이 많으니까 읽는 재미가 있었던 모양이다. 잡지는 기사에 맞는 시각자료가 풍부해서 서진이가 더 좋아했던 것 같다.

언젠가는 서진이가 하도 이것저것 물어보기에 "아빠도 잘 모르겠다. 그런 모든 지식은 백과사전에 들어 있다."고 말했더니 정말 백과사전을 찾아 차례대로 읽기도 했다. 그렇지만 취향에 안 맞거나 재미없는 책은 가차 없이 덮어 버리기도 했다. 중학교 때 선생님이 『삼국지』를 꼭 읽어야 한다고 권해 주셔서 읽기 시작했는데, 몇 권 읽다가 손을 들었다. "『삼국지』에 나오는 등장인물이 너무 헷갈려요!"라며 다시는 쳐다보지도 않았다.

서진이의 독서 효과는 글쓰기로 드러났다. 초·중학교 때 교내는 물론이고 시, 도에서 실시하는 규모가 큰 백일장이나 글쓰기 대회에 학교 대표로 나가서 여러 번 상을 받았다. 서진이가 글을 잘 쓸 수 있었던 비결은 오로지 책을 읽으면서 키워진 것이다. 서진이는 같은 책을 반복해서 읽으면서 어휘력이 늘었고 좋은 문장을 쓸 수 있었던 것 같다. 처음 읽을 때는 내용을 이해하느라 바쁘지만 반복해 읽을수록 문장, 구조, 사용한 어휘를 보게 되었을 것이다. 글을 많이 읽다 보니 좋은 문장을 많이 접하게 되고, 그러면서 점점 좋은 성과로 이어진 것이다.

"꾸준히 좋은 글을 읽고, 그 글을 옮겨 써 보고 비판적으로 생각하다 보면 실력이 조금씩 느는 것이 느껴졌어요. 선생님이 칭찬해 주시고, 상을 받으니까 재미와 자신감이 붙어서 계속 관심을 갖고 노력하게 된 것 같아요."

책을 읽은 효과는 단숨에 드러나지 않는다. 열 권 읽었다고 열 권만큼의 효과가 나타나지도 않는다. 열 권을 읽고, 또 열 권을 읽었을 때 한 번쯤 점프하고, 또 일정 시간이 지났을 때 지적 수준이 훌쩍 뛰어올라 있다.

책을 여러 번 읽었던 독서습관이 서진이의 공부에서는 텍스트를 빨리 읽고 이해하는 데 도움을 주었다. 시험을 볼 때 서진이는 지문이나 문제를 여러 번 읽으면서 정답을 찾았다. 평소에 빨리 읽는 연습이 되어 있으니 정해진 시간 내에 반복해서 읽을 시간이 생겼다고 한다.

요즘은 "미국에서 공부하면서 독서도 많이 못하고, 한국어로 글도 잘 쓰지 않으니까 이제는 글 쓰는 것이 예전만큼 쉽지 않아요." 한다. 그래도 방대한 전공 관련 자료를 읽고 박사학위 논문을 쓰고 있는 서진이를 보면, 어릴 때 했던 반복된 독서 훈련이 아직까지 힘이 되고 있는 것 같아 뿌듯하다.

좋아하는 책을 몇 번씩 반복해 읽는 것도 아이니까 할 수 있는 특별한 행동이다. 공부를 잘하는 비결 중 하나가 예습보다는 복습에 힘쓰는 것인데 공부 복습보다는 책 다시 읽는 것이 더 쉬울 뿐더러, 책을 반복해서 읽는 과정에서 복습하는 능력도 키워진다. 그리고 독서도 복습을 하면 훨씬 더 많은 지식과 독서력이 쌓인다. 문장력, 어휘력을 얻는 것은 덤이다.

황금알 낳는 거위의 배를 가르지 마라

서영이가 교사로 근무하는 학교는 지역에서 꽤 공부를 잘하는 아이들이 시험을 보고 들어가는 비평준화 고등학교다. 하지만 그 안에서도 공부 때문에 방황하고 포기하는 학생들이 생겨난다.

"중학교 때까지 공부 잘했던 학생이 고등학교에 와서 무너지는 경우가 종종 있어요. 중학교 때까지는 암기하는 머리로 어떻게 버틸 수 있는데 고등학교에서는 그게 어렵거든요. 고등학교에서 갑자기 깊어지는 내용을 따라가지 못하는 거지요."

힘들다는 고3 담임을 두 번 맡고, 9년째 고교 교사를 하고 있는 서영이의 말이다.

고등학교 때 갑작스럽게 성적이 떨어지는 아이들 중에는 시험문제의 내용과 지문을 해석하는 능력이 부족한 경우가 상당수라고 한다. 쉽게 말해서 개념 파악이 잘 안 되는 것이다. 출제자가 왜 이 문제를 냈는지 의도를 파악하지 못하기 때문에 당연히 정답도 찾지 못한다는 말이다.

요즘 아이들은 글을 읽는 것보다 동영상을 보는 것에 더 익숙하다. 어려서부터 텍스트를 해독하는 훈련이 되지 않으니 문제를 읽고도 내용을 파악하지 못하는 것이 아닐까 싶다. 서영이 말로는 "아래 학년으로 내려갈수록 텍스트를 제대로 해독하지 못하는 아이들이 많아진다."고 한다.

사람은 글을 읽을 때 사고의 확장이 쉽게 이루어진다. 영화는 재미있게 보면서 빠르게 이해하는 데는 도움이 되지만, 시청자가 영상을 그냥 받아들이는 수동적인 성격이 강해서 사고력의 확장까지 이어지기는 쉽지 않다. 똑같은 내용을 소설로 읽은 것과 영화로 보는 것의 차이를 생각해 보면 이해가 빠를 것이다. 책 읽기는 상상력을 동원해야 내용이 들어오는 능동적 활동이기 때문에 읽고 나면 모호했던 개념이 또렷해지고 동시에 생각이 깊어지는 특성이 있다.

아이들이 독서 과정을 제대로 경험하지 못하고 초등학교 때부터 문제집에 나온 문제만 풀고 있으니 텍스트를 제대로 읽어 내지 못하는 것이 아닐까? 문제 풀이 위주로 공부를 하면 당장 문제 푸는 능력은 커진다. 하지만 한발 더 깊이 들어가 지식과 지식을 융합하거나 자신의 생각을 글로 표현해야 할 상황에서는 정리를 해내지 못하는 한계에 조만간 부딪힌다.

우리 아이들이 초·중등학교 때보다 고등학교에 가서 성적이 오른 것이나, 큰 준비 없이 논술시험을 통과한 것도 책 읽기와 관련이 있는 듯하다. 책 읽기의 효과는 어린 시절에는 잘 드러나지 않는다. 책을 읽었던 것이 무르익어 열매를 맺기 시작하는 시기가 고등학교 즈음부터라는 것이 나의 경험이다.

그렇다고 우리 아이들이 양질의 책만을 읽었던 것은 아니다. 서영이는 하이틴로맨스, 만화, 판타지소설처럼 흥미 위주의 책들을 많이 읽었다. 희균이도 만화책을 무척 좋아했다. 서영이는 요즘도 만화책을 읽고, 특별히 좋아하는 만화책은 소장하고야 마는 '덕후' 기질까지 있다. 매주 업데이트 되는 웹소설이나 웹툰을 기다렸다가 보는 마니아이기도 하다. 서영이는 웹소설, 웹툰을 읽는 것이 학생들과 소통하는 데 도움이 된다고 한다.

"진로 때문에 부모님과 갈등하는 학생이 있었어요. 학생은 부모님에 대한 반항으로 공부를 손에서 놓아 버렸어요. 이 학생에게 웹툰 〈신의 탑〉에 나오는 세계관을 예로 들면서 이야기를 했더니, '선생님도 그 만화 아세요?'라면서 마음을 열더라고요."

서영이는 지금도 쉬운 것, 어려운 것 가리지 않고 닥치는 대로 읽는 편이다. 책이 주는 메시지나 작가의 가치관에 공감할 수 있으면 어떤 형식이든 '읽는 것이 인생에 도움 된다'는 잡식 독서주의자다. 서진이는 이와 조금 다르다. 어렸을 때는 여러 종류의 책을 가리지 않고 읽다가 커서는 문학을 중심으로 역사, 철학 등 정제된 책을 선별해 읽었다. 이름을 붙이자면 순혈 독서주의자라고나 할까. 어렸을 때 서영이와 서진이는 누가 더 책을 많이 읽었는지 서로 경쟁을 벌이기도 했는데 승자는 대개 서진이었다. 서영이는 읽은 책의 양이나 질에서 서진이를 따라가기 힘들었다.

하지만 나는 서영이의 독서 방식이 결코 서진이에게 뒤진다고 생각하지 않는다. 내용만 괜찮고, 작가의 세계관에서 배울 점이 있다면 잡지든 만화든 무슨 상관인가? 각자 재미있는 책을 좋아하는 방법으로 읽으면 된다.

재미만으로도 책 읽기는 충분히 가치 있는 행위이다. 이 말을 굳이 하는 것은 학부모들 중에 독서를 너무 고상한 것으로 오해하는 분이 있을까 봐 그렇다. 아무리 좋은 것이라도 지속되려면 재미가 있어야 한다는 것을 잊지 말아야겠다.

미국인들이 뽑은 역대 훌륭한 대통령은 링컨, 워싱턴, 제퍼슨, 루스벨트, 케네디 등이다. 이들은 모두 독서광이라는 공통점이 있다. 특히 링컨 대통령은 제대로 된 학교교육을 거의 받지 못했지만 오로지 독서를 통해 역량을 키운 정치인이다. 노예해방처럼 시대를 앞선 링컨의

정책도 독서의 산물이다. 책을 좋아하는 사람이 모두 대통령이 되는 것은 아니지만, 많은 사람들로부터 존경을 받는 대통령이 되기 위해서는 책을 좋아해야 한다는 것은 분명한 사실이다.

유치원, 초등학교 아이들의 독서에서는 책을 빨리, 많이 읽히는 것에 목표를 두어서는 곤란하다. 어릴 적 독서는 높은 수준으로 가는 것이 목표가 아니라 책 읽는 좋은 습관을 몸에 익히는 것이다. 초등학교 3학년 아이가 중학교 3학년 학생의 사고를 해서 뭣에 쓰겠는가?

어린 시절의 독서는 빨리 가는 것보다 꾸준히 가는 것이 중요하다. 책이 평생 함께할 수 있는 친구가 되면 그만큼 아이의 삶은 풍요로워진다.

그러므로 아이들 독서에서 가장 중요한 것은 재미다. 어린 시절 책을 좋아했던 아이라도 독서에 공부의 의미를 갖다 붙이면서 부담을 주면 책을 멀리하게 된다. 아이가 책 읽는 것을 지겹지만 해야만 하는 과제라고 생각하게 만드는 순간 우리는 황금알 낳는 거위의 배를 가르는 어리석은 부모가 되는 것이다.

기왕 아이들 책 읽히는 거 많이 읽히겠다는 게 무슨 큰 욕심이겠는가라고 생각할 수 있다. 또 다른 아이들은 수학 진도 나가는데 우리 아이는 태평하게 책 읽고 있으면 '이러다가 우리 아이만 뒤처지는 거 아니야?'라고 불안해할 수도 있다. 경험자로서 단언하는데, 너무 초조해하지 않아도 된다. 고등학교 즈음이면 좋은 결과가 나올 것이니 아이에게 재미있게 책을 읽을 수 있는 자유를 넉넉하게 줘도 괜찮다. 시험 점수 따는 선수로 만드는 과정에서 생기는 부작용보다는 훨씬 부작용이 적은 길이다.

간 큰 부모가 되지 않으려면

셋째 서인이는 늘 친구가 많았다. 학교가 끝나면 바로 집으로 안 오고 친구들과 한참을 놀다가 들어왔다. 그런데 이상했다. 친구들은 다들 학원에 가 있을 시간인데 학원 안 다니는 서인이가 어떻게 친구들과 논다고 하는 것인지 말이다. 알고 보니 서인이는 친구들이 학원에 간 사이 할 일이 없으니까 오락실에서 놀면서 친구들이 학원 수업 끝나기를 기다렸다고 한다. 그 정도면 학원을 보내 달라고 했을 것도 같은데, 그런 말을 하지 않았다.

"저는 학교에서 배우는 정도면 충분했어요. 학원 가서 더 배워야 할 만큼 공부할 게 많지 않았거든요."

다른 애들도 그렇지만 서인이도 선행학습을 해 본 적이 없다. 그러니까 수업시간에 배우는 것을 재미있어 했다. 학교 수업에 열심히 참여하고 대답을 잘하니까 선생님들이 서인이를 무척 예뻐했다고 들었다. 공부하는 시간이 적은데 다른 아이들보다 성적이 좋은 것을 '머리가 좋기 때문'이라고만 설명할 수는 없다. 머리가 나빠서 될 일은 아니지만, 머리 좋다고 모두 성적 좋은 것도 아니다.

서인이도 어려서 책을 꽤 읽은 덕분에 글을 읽는 속도가 빨랐다. 교과서도 빨리 이해했다. 지문을 읽는 속도가 빠르니까 시험 볼 때 유리했다. 긴 지문 중에 어느 부분이 핵심인지를 찾아내는 능력이 뛰어났다. 성격이 화끈해서 그런지 중요하지 않은 부분은 과감하게 넘기는 감각도 있었다. 덕분에 문제 푸는 시간을 많이 절약했다고 한다.

학년이 올라갈수록 책을 많이 읽은 덕을 톡톡히 누렸다. 서인이는 국어나 언어영역을 따로 공부하지 않았다. 영어는 문법만 조금 공부해도 1등급이 나왔다. 수능시험을 준비하면서 언어영역을 적게 공부해도 되니까 상대적으로 다른 공부를 할 수 있는 여유가 있었다.

책 읽은 덕은 희균이도 톡톡히 누렸다. 희균이는 서강대학교에 논술전형으로 합격했다. 고3이 될 때까지 어느 전형에 지원할 것인지 생각도 하지 않고 있었는데, 누나들이 논술전형 방법을 알아 왔다. 희균이는 수능과 내신 등급 기준을 맞추고 논술시험을 봤다. 수리논술 두 개를 보고, 논리적 사고력을 측정하는 논술과제 한 개를 제출했다.

희균이가 논술을 따로 배운 것은 고2 때 학교에서 방학 논술특강을 수강하는 정도였다. 논술전형을 택하고 나서 지인에게 수리논술 하는 요령을 두 번에 걸쳐 설명을 들었는데 큰 도움은 되지 않았다고 한다. 결국 일반 논술은 희균이 혼자 해낸 셈이다. 이 정도 준비로 서강대 논술전형에 합격할 수 있었던 것은 '책을 많이 읽었기 때문'이라는 것 말고는 달리 그 비결을 설명할 길이 없다.

생각해 보면 논술이라는 것이 특별한 기술이 아니다. 간략하게 말하자면 읽었던 지문을 기억해 내고, 거기에 자기 생각을 덧붙이는 것이 논술이다. 자기만의 독특한 시각과 언어로 글을 써서 읽는 사람이 공감할 수 있다면 그게 잘 쓴 논술이다. 희균이가 봤던 서강대 논술시험도 지문을 요약하고 각 주장의 근거를 분석해서 자신의 입장을 밝히라는 것이었다. 어렸을 때부터 수천 권의 책을, 재미있는 책은 여러 번 반복해서 읽은 희균이가 이 논술과제를 못 해냈을 리 없다.

책을 많이 읽으면서 저자가 왜 이런 주장을 하는가 파악하다 보면 자연스럽게 자기의 주장이나 의견이 생긴다. 물론 처음부터 확실한 주견을 갖기는 어렵다. 책을 읽고 생각하면서 주견을 형성하고, 또 다른 책을 읽다 보면 생각이 풍성해져 간다. 나중에는 여러 책의 내용을 연결시키며 주견을 확장시켜 간다. 책을 읽고 다른 사람에게 앵무새처럼 옮기는 것은 매력이 없다. 책에서 영감을 받은 부분과 그 이유를 자기 언어로 드러내는 주견에 사람들은 감동한다. 결국 논술을 잘한다는 것은 주견이 확실하여 다른 사람을 설득하거나, 공감을 얻는 글을 쓸 수 있다는 뜻이다.

그 능력은 책 읽기를 통해서 기를 수 있다. 책을 읽을 때 책의 내용을 어떤 형태로든 자기만의 언어로 요약하는 것이 중요하다. 다산 정약용 선생은 읽은 책이 무슨 내용인지를 꼭 정리해 놓았다고 한다. 이것을 '초서(抄書)'라고 한다. 나중에는 초서만 봐도 무슨 내용이었는지 기억하게 된다. 중요한 문장을 옮기고 자신의 생각까지 덧붙여 놓는다면 완벽한 독서가 될 것이다.

대학 재학 시절 유시민 작가와 같은 동아리에서 학습을 했다. 책을 읽고 토론을 하는 동아리였다. 유시민 작가는 나보다 2년 후배지만, 핵심을 파악하는 능력이 정말 탁월했다. 저자가 왜 이런 내용을 썼는지를 알아내고 책의 각 챕터를 몇 줄로 요약하는 데 능숙했다. 유시민 작가의 이 능력은 다독을 통해 키워진 것이다. 그가 요즘 작가로, 토론 프로그램 패널로 활동할 수 있는 비결도 왕성한 독서에 뿌리가 있다.

희균이는 서강대에 입학한 뒤에 본격적으로 논술과 관련된 활동을 했다. 논술전형으로 입학한 친구들과 '알바트로스'라는 논술 봉사동아리를 만들어 회장까지 했다. 알바트로스는 서강대 강의실을 빌려 4~6주 동안 고등학생들에게 논술 지도를 하는 동아리였다. 주로 저소득층 자녀들을 대상으로 했고, 그중에는 논술전형으로 대학에 입학하고자 하는 학생들이 많았다. 논술문제를 출제하고, 채점하는 가이드라인을 정하고, 고등학생들이 쓴 글을 첨삭하면서 희균이의 논술 수준은 훨씬 높아졌다. 남을 가르칠 수 있으려면 자기 시험을 준비하는 것보다 훨씬 더 공부를 해야 한다. 나도 대학 시절에 가정교사를 하면서 수학 실력이 늘어나는 경험을 했다. 학생이 무슨 질문을 할지 모르니까 그 준비를 하는 과정에서 어렴풋이 알았던 것을 확실히 깨치면서 실력이 향상된 것이다. 모름지기 남에게 가르칠 실력이 되는 것이 공부의 최고 수준이다.

이게 끝이 아니다. 희균이가 논술 봉사동아리 활동을 한 것이 치의학전문대학원 면접 때 가점이 되었다. 교수 입장에서 보면 학생의 인성이나 성향을 파악할 수 있는 좋은 기준이 되었을 것이다. 또 책을 많이 읽은 것이 지금 대학원 공부를 하면서 요점을 파악하는 능력, 생각을 정리하는 기술로 이어지고 있다. 지금 희균이가 대학원에서 '공부 잘한다'는 소리를 듣는 비결이기도 하다.

어렸을 때 했던 희균이의 독서가 성인이 된 후 대학 공부와 대학원 진학에 도움을 주고 있다. 앞으로 독서의 영향력이 어떻게 더 드러날지 흥미진진하다. 이런 이야기를 듣고도 아이에게 책을 안 읽힌다면, 그 엄마는 정말 간 큰 엄마가 분명하다.

3장

아이 공부 근력을 키우는 7가지 비결

스스로 깨치는 기쁨을 느끼게 하라

"공부가 재미있다."고 하면 다들 눈을 흘기거나 미쳤다고 할 것이다. 하지만 나는 공부도 충분히 재미있을 수 있다고 생각한다. 공부하는 중 '아하'라고 깨우치는 순간이 있으면 재미를 느끼게 된다.

내가 초등학교 들어가기 전에 동네 형들이 구구단을 외우는 것을 보고 흥얼흥얼 따라 했다. 무슨 뜻인지도 모르고 음과 리듬이 재미있어서 따라 한 것이다. 그런 나를 보고 대학에 다니던 친척 형이 "2+2+2+2+2+2+2+2가 얼마야?"라고 물었다. 덧셈밖에 모르던 나는 손가락으로 계산을 하면서 절절 맸다. 다시 형이 물었다. "너 구구단 아까 외우던데, 2곱하기 8은 뭐야?" 그건 대답할 수 있었다. "2×

8은 16이요." 형은 슬며시 웃더니 "그게 바로 2를 여덟 번 더했다는 뜻이야."라고 했다.

그 순간 나는 엄청난 비밀을 알아버린 듯 가슴이 벅찼다.

'아, 이게 그거로구나!'

밖으로 나갔다. 2학년 형 하나를 붙잡고 땅바닥에 문제를 냈다. '3+3+3+3+3+3+3=?' 그 형은 풀지 못했다. 3이 몇 개인지 세어 보라고 했고, "3×7은 21"이라고 말하면서 돌아섰을 때의 짜릿한 기억은 지금도 생생하다.

모든 공식에는 원리가 있다는 것을 그때 어렴풋이 깨달았다. 어린 나이지만 공부라는 게 무엇인지 알게 된 것 같았다. 그 뒤로부터 나에게 공부는 재미이고 자랑거리였다. 이유와 의미를 알면 공부는 지겹지 않다. 오히려 원리를 터득하게 되는 순간 기쁨이 몰려온다. 문제를 풀기까지는 어떻게 할지 몰라 고통스럽지만 이리저리 궁리하다가 답을 알게 되었을 때 느끼는 쾌감은 그 어느 것과도 비교할 수 없이 크다. 이런 즐거움은 누가 대신해서 알려 줄 수 없다. 아이 스스로 힘든 과정을 겪으면서 느껴 봐야 도달할 수 있다. 공부의 재미를 맛본 아이들에게는 공부하라고 다그칠 필요가 없다.

아이의 공부 재미를 방해하고 있는 것은 어쩌면 학부모들일지도 모른다. 아이가 학교에서 수학문제를 틀려 오면 엄마는 그 문제를 틀린 이유를 설명해 준다. 여기서 끝내고, 그다음은 알아서 하라고 하면 그

나마 낫다. 꼭 응용문제까지 내서 그 문제를 제대로 이해했는지 확인하려고 든다.

아이가 문제를 풀다가 틀렸다는 것은 아직 원리를 다 익히지 못했다는 뜻이다. 원리를 배워 가는 과정을 기다려 주어야 하는데, 이게 참 어렵다. 아이가 제대로 모르는 것이 답답하고, 설명해 주었는데도 또 틀리기라도 하면 속에서 열불이 난다. 그러는 동안 아이가 느껴야 할 공부의 재미는 저만치 달아나고 '해치워야 할 과제'만 남게 된다.

우리 아이들은 '선행학습'이라는 것을 하지 않았다. 학원에 다니지 않아 선행학습을 할 기회가 없었다. 매 학기 학교 수업 따라가는 것을 기본으로 하였다. 미리 배우지 않아서 오히려 학교 수업을 재미있어 했다.

여담이지만 학원 안 다닌 것이 꼭 좋은 점만 있는 것은 아니었다. 서인이도, 희균이도 이과를 선택했는데 수학이 상대적으로 약했다. 서인이는 "제가 풀어 본 수학문제의 절대적인 양이 다른 애들에 비해 적으니까 수학이 늘 부족했어요."라고 했다. 두 아이 모두 선행을 했거나, 학원을 다녔으면 조금 더 잘했을 과목으로 수학을 꼽았다. 문제 풀이에 시간을 더 썼으면 좋았을 거라는 말인데 일리가 있다고 생각한다. 그러나 당시 상황에서 그런 것들을 다 예측한다는 것은 현실적으로 불가능했고, 설령 그렇게 수학 공부에 시간을 더 투자하고 다른 공부 시간을 줄인다고 하더라도 시간을 줄인 과목에서 입을 손실과 수학을 더 공부해서 얻는 이익을 비교할 때 어느 것이 얼마나 컸을지 측정할 수는 없다고 생각한다. 가 보지 않은 길에 대한 아쉬움은 언제나 있는 법이라고 치부하면 좋을 것 같다.

서인이는 대입 재수를 하면서 1년 동안 종로학원에 다녔다. 고3 때 했던 공부를 또 하려니 지겹기도 했을 텐데, 서인이는 이때가 오히려 재미있었다고 한다. 학원에 대한 내성이 없는 상태에서 처음 학원 수강을 하니까 지식을 온전히 빨아들였다.

"학원을 안 다니다가 가니까 수업이 엄청 재미있었어요. 시험 잘 볼 수 있게 핵심을 콕콕 짚어서 알려 주시는 학원 선생님들 덕분에 공부하기가 쉬웠고요."

어떤 이유로든 아이의 공부 재미를 빼앗아서는 안 된다. 적어도 초등학교 4, 5학년 때까지는 공부가 재미있다는 것을 깨닫게 해 주어야 한다. 그러기 위해서는 아이는 미성숙에서 성숙으로 가는 과정에 있다고 생각하고 부모가 참고 기다려 주는 것이 중요하다. 참고 기다린다는 것은 아이가 끊임없이 시행착오를 겪으면서 틀리는 것을 속상해하지 않는다는 것이다.

수학포기자가 많아지는 것도 달리 생각할 수 있다. 요즘은 초등학교 5학년 때부터 '수포자'가 나온다고 한다. 수학 점수가 안 좋으니까 "그럼 수학을 포기하고, 다른 거라도 해서 점수를 더 받자."는 거다. 수학을 포기한 학생이 다른 과목에 집중해서 탁월한 성적을 받을 수 있을까? 차라리 어려운 문제를 풀어야 한다는 욕심을 버리고 쉬운 문제라도 푸는 즐거움만 잃어버리지 않게 놔두면 어떨까? 수학 점수 안 나오는 것에 대한 부모의 조급증만 가라앉히면 아이는 훨씬 가볍게 수학에 다가갈 수 있을 것이다.

카프만 부인이 쓴 〈광야의 샘〉이라는 글에 나오는 이야기가 있다. 누에가 고치에서 빠져나오려 애를 쓰는 게 안타까워 끄트머리를 잘라 주었더니, 몸통은 쉽게 빠져나왔는데 그 후에 날지를 못하더란다. 고치에서 빠져나오려고 노력하는 과정에서 날개가 튼튼해지는데 그 과정을 생략해 버리니까 오히려 날지를 못하게 된 것이다.

아이가 문제를 틀리는 건 좁은 데서 빠져나오는 고통스러운 과정 중이라는 뜻이다. 그 과정이 힘들수록 빠져나왔을 때의 기쁨도 커진다. 공부에서의 어려움은 성장통 같은 것이다. 성장통이 괴롭다고 아이가 키가 크지 않기를 바라는 부모는 없다. 이렇게 생각하면 부모도 조급해하지 않고 아이를 응원해 줄 수 있을 것이다.

어려운 문제를 풀어 냈을 때의 기쁨은 푸는 과정의 괴로움을 한 방에 날려 버린다. 불안해하지 말고 아이의 재미를 위해 부모는 참아야 한다. 그래서 아이에게 공부가 재미있다는 것을 알려 주고 풀어 냈을 때의 기쁨이 있다는 것을 느끼게 해 줄 수 있으면 초등 6년 동안의 공부는 그것으로 충분하다.

누군가를 가르쳐 보게 하라

CEO가 되면 '마음대로 질문할 수 있는 권리'를 갖는다. CEO는 회사 어디를 가더라도 무엇이든 물어도 된다. 알고도 묻고, 몰라서도 묻는다. 때로는 일을 시키는 한 방식으로 질문을 던지기도 한다.

"대전에 있는 물류창고 비용 줄이는 방안을 찾아오세요."라고 지시하는 것보다 "대전 물류창고 운영 비용이 요즘 얼마나 드나요? 같은 업종의 다른 회사와 비교했을 때 많이 드는 편인가요?"라고 묻는 것에 직원들은 훨씬 더 긴장한다.

사장이 물으면 직원은 그때부터 생각하게 된다. '저걸 사장님이 왜 물었지?' '물류창고 운영 비용을 줄이라는 뜻이겠지?' '비용 줄이려면 무엇부터 해야 할까?' 머리를 이리저리 굴리면서 사장에게 줄 해답을 찾느라 부산해진다. 사장이 질문 몇 가지만 제대로 하면 회사는 팍팍 돌아간다.

아이들 공부시키는 가장 확실한 방법 중 하나가 질문을 던지는 것이다. 이때 선생님처럼 엄마가 시험문제 내고, 아이가 답을 찾는 질문이면 안 된다. 엄마가 학생이 되고 아이가 선생님이 되어 엄마에게 설명해 주는 방식이 효과적이다. 다른 사람을 가르쳐 보면 실력이 그대로 드러난다. 공부해서 다 알았다고 생각했던 것도 설명을 못 하면 제대로 안 것이 아니다. 다른 사람에게 핵심을 정확하게 설명할 수 있을 때 제대로 알고 있는 것이다.

우리 집에서는 아이들이 어렸을 때 이 방법을 무척 유용하게 써먹었다. 나나 아내가 학생이 되어 아이들에게 가르쳐 달라고 했다. 설명을 듣다가 틀리는 내용이 있어도 바로 평가하지 않았다. 다시 질문을 해서 아이가 잘못 알고 있는 부분을 넌지시 알려 주었다. 아이가 바로 설명을 못 하거나 헷갈려 하면 "선생님, 다음 시간에 그 부분을 꼭 가르쳐 주세요."라고 특별히 부탁을 하기도 했다.

질문을 받은 아이는 생각을 하게 되어 있다. 엄마를 다시 가르치기 위해 나름 궁리도 해 보고 책도 다시 읽어 볼 것이다. 아이는 엄마에게 설명을 하면서 지식들을 정리한다. 학습을 할 때 듣기만 하면 공부한 지식의 10프로가 남고, 듣고 메모하면 20프로가 남는다고 한다. 공부한 내용으로 다른 사람을 가르쳐 보면 90프로가 남는다는 연구 결과도 있다.

희균이는 여기에서 한발 더 나아갔다. 아예 시험문제를 내는 노트를 스스로 만들었다. 선생님 입장이 되어 문제를 어떻게 낼 것인지를 생각한 것이다. 그렇게 낸 문제를 엄마 아빠에게 풀어 보게도 했고, 이웃집 애들에게도 풀어 보라고 시켰다. 우리 집에는 그때 희균이가 시험문제를 냈던 노트가 아직도 남아 있다.

이런 과정이 희균이에게 '공부머리'를 만들어 주었다고 생각한다. '공부머리가 있다'는 것은 '머리가 좋다'는 것과는 조금 차이가 있다. 공부하는 과정에서 자기 나름의 학습전략을 갖게 되는 것을 '공부머리'라고 표현하는 것이 적당할 것 같다. 미지의 지식을 받아들여 자기 것으로 만들고, 그것을 효과적으로 표현하는 회로가 머릿속에 생기는 것이 공부머리다. 머리가 좋은 것은 보통 많은 것을 잘 기억하는 것으로 드러나지만, 공부머리가 있는 것은 지식을 구조화, 체계화하여 정리하는 능력으로 무엇을 잘 설명하는 것으로 드러난다.

공부머리는 그저 학원에서 선생님의 설명을 듣고, 문제집을 반복해서 푸는 공부기술과는 다르다. 공부의 수준이 선생님이 낸 문제의 답을 맞히는 수준에서 문제를 내는 수준으로 올라가는 것을 의미한다. 희균이는 엄마 아빠에게 문제를 내는 동안 지식을 자기 것으로 받아들이는 공부머리의 구조를 만들었다.

희균이도 초등학교 때는 크게 두각을 나타내지 않았다. 중학교 때도 상위권이었지만 그냥 잘한다는 수준에 머물러 있었다. 고등학교 가면서부터 확실히 실력을 보여 주었다. 희균이는 대학 3학년을 마치고 군대에 가서 2년 복무 후 제대했다. 3월에 4학년으로 복학해 4월부터 DEET(치의학전문대학원 입학필수시험)를 준비했다. 그 시험을 준비한다고 비싼 학원을 다니지도 않았다. 학교 다니면서 인터넷 강의를 들으면서 공부했다. 넉 달 공부하고 8월에 시험을 쳐서 한 번에 합격했다. 그렇다고 학과 공부가 소홀했던 것도 아니다. DEET를 준비했던 4학년 1학기에 과 차석을 해서 성적우수장학금을 받아 왔다. 아마도 희균이의 공부머리가 뒤로 가면서 점점 큰 힘을 발휘하는 것이 아닌가 싶다.

희균이가 짧은 시간에 집중적으로 공부해 치의학전문대학원에 합격하니까 옆에서 도와주던 서인이도 놀랐던 모양이다. 서인이는 대학 들어갈 때도 재수를 했고, 의학전문대학원 갈 때도 1년 정도 공부를 했으니 한 번에 원하는 시험에 척 붙는 희균이가 부러웠을지도 모르겠다. 희균이가 시험 준비를 시작할 때 서인이가 말하기를 "넉 달 공부해서 DEET 붙으면 희균이는 천재예요." 했다. 그런데 진짜 시험에 붙고 나니까 "희균이는 정말 공부머리가 있네요!" 한다.

내가 보기에 희균이의 공부머리는 학생이 선생이 되어 보는 것에서 비롯된 것 같다. 누군가를 가르치는 과정이 결국 가장 확실하게 자기 공부를 하는 길이다. 아이는 상대에게 설명을 하면서 지식의 토막들을 길게 연결하는 연습을 하였고, 그게 점점 쌓이면서 공부에 필요한 공부머리가 만들어진 것이다. 아이로 하여금 선생님이 되어 보게 하는 것, 엄마가 학생이 되어 설명을 듣고 질문을 해 보는 것이 아이의 공부 근력을 키우는 좋은 계기가 되는 게 틀림없다.

내재적 동기를 불러일으켜라

서인이는 공부를 하면서 실패도 있었고 시행착오도 많이 겪은 편이다. 반면 가장 지구력 있게 인내심을 가지고 공부하는 아이가 서인이다. 오죽하면 둘째 서진이조차 '나는 서인이처럼 저렇게 지독스럽게 공부하지는 못한다'고 혀를 내두를까. 서인이는 공부를 잘해야겠다는 목표의식이 엄청나게 강하다.

서인이는 대학 4학년 때 4.5 만점에 가까운 학점을 받았다. 의학공부를 시작한 이후에는 엉덩이에 땀띠가 날 정도로 앉아서 공부를 한다. 그러면서도 의학전문대학원에서는 하도 공부할 양이 많아서 '이 정도면 만족스럽다' 싶게 공부하는 게 아니라고 말한다. 그래서 '잘하려는 욕심 많이 내려놓았다'고 빙긋이 웃는다.

서인이의 과거를 생각하면 지금의 생활은 '반전'이다. 놀기 좋아하고 친구 많은 서인이가 시험기간에 하루 두 시간 자면서 공부를 하는 아이가 될 줄은 아빠인 나도 몰랐다.

우리 집에서 고집 세기로 따지면 서인이를 당해 낼 사람이 없다. 이미 돌이 지났을 때 그 성격을 드러냈다. 엄마가 젖을 뗐더니 몇 날 며칠을 울어 댔다. 울다가 자기 화를 못 이겨 뒤로 넘어간 적도 여러 번이었다. 서인이가 울 때마다 넘어지면서 머리를 다칠까 봐 서영이가 손을 내밀고 뒤에 서 있어야 했다.

서인이는 손도 컸다. 어찌나 의리가 있고 정이 넘치는지 일곱 살 때 엄마 지갑째 들고 나가서 동네 아이들에게 과자를 사 주는 인심을 베풀었다. 서인이가 김포여중에 다닐 때는 학교에서 소위 좀 '논다'는 친구들하고 몰려다녔다. 이것도 나는 나중에 듣고 알았다. 아내는 그때 서진이가 귀뜀을 해 주어 알고 있었던 모양이다.

"저는 알고 있었는데, 알아서 정리할 때까지 내버려 두었어요. 제가 그 친구들과 놀지 말란다고 그 말을 서인이가 들었겠어요? 엄마한테 반발심만 더 생기지."

정말 서인이는 놀 만큼 놀아 보더니 제자리로 돌아왔다. 언제 왔는지도 모르게 스르르 들어와 책상에 앉았다. 엄마가 제지하지 않고 내버려 두니까 놀다가 지칠 때쯤 돌아온 것 같다. 고등학교 때 어느 날인가는 희균이가 서인이의 비밀을 이야기해 주었다.

"아빠, 요즘 서인이 누나 학교에서 밥 굶고 있어요."

지난달에 분명 급식비를 주었는데 무슨 일인가 싶어 의아했다. 희균이 말로는 서인이가 학교에 내야 할 급식비를 다른 데 사용했다는 것이다. 그달에 친한 친구가 생일을 맞았는데 급식비의 일부로 그 친구에게 선물을 사 주고 남은 돈으로 빵을 사서 점심을 때운다는 것이다.

돈을 유용한 서인이를 혼낼까 생각하다가 곧 마음을 접었다. 서인이가 급식비를 다른 데 쓴 것은 칭찬받을 일은 못 되지만 점심을 빵으로 때우는 것으로 책임을 지고 있었기 때문에 그냥 놔두어도 괜찮겠다고 생각했다. 그리고 나에게 사실을 말해 준 희균이를 고자질쟁이로 만드는 것도 현명한 일이 아닌 것으로 판단해서 모른 척해 주기로 했다. 한창 크는 아이가 점심밥을 제대로 못 먹는 것은 안쓰럽지만 그것도 서인이가 감당할 몫이었다. 며칠 뒤 서인이에게 아빠가 알고 있는 것을 들키지 않을 범위 내에서 추가로 용돈을 줄 수 있는 기회를 만들었다. 등교하는 애들을 내 차에 태워 시내버스 타는 곳까지 데려다주면서 모두에게 특별 용돈을 주었다. 다음 달 용돈 받을 때까지 쫄쫄 굶을 줄 알았던 서인이는 돈을 받으면서 감격스러워 어쩔 줄 몰라 하는 눈빛이 역력했다.

나와 아내는 이런 서인이의 많은 일들을 모른 척해 주었다. '언니가 공부 잘하니까 너도 공부 잘해야 한다'는 자극을 하거나, 공부 잘하면 뭘 해 주겠다는 약속을 한 적도 없다. 그것이 오히려 서인이가 스스로 공부하는 계기를 만든 것이 아닌가 싶다.

공부는 하라고 해서 하고 싶어지는 것이 아니라는 것을 모두 안다. 오히려 공부를 하려다가도 공부하라는 말을 들으면 공부하기 싫어지는 게 사람 심리가 아닌가. 하던 일도 멍석을 깔면 하기 싫어진다는 것은 내재적 동기를 불러일으키는 중요한 요소가 자율성이라는 것을 말해 준다.

초등학교 때 서진이는 공부를 잘하고 글도 잘 써서 상을 많이 받았다. 전체 조회 때 단상에 올라가 상을 받으니까 그 모습을 운동장에서 지켜본 서인이가 그랬다. "나도 언니처럼 조회대 올라가서 상 받아 보고 싶다."라고. 그즈음부터 서인이에게는 누가 외부에서 자극을 주어 동기가 부여된 것이 아닌, '내재적 동기'가 생겨난 것 같다. 서인이는 억지로 시키면 반발할 가능성이 큰 아이였는데 시키지 않고 스스로 하고 싶을 때까지 기다려 주니까 더 열심히 노력한 경우이다.

내재적 동기를 부여하는 방법에는 세 가지가 있다.

첫째는 자율성이다. 누가 시키는 일은 하기가 싫은 법이다. 스스로 선택한 일을 해야 재미가 있다. 스스로 하고 싶은 일을 골라 하는 자율성이 주어질 때 내재적 동기가 높아진다.

둘째는 관계성이다. 학교 다닐 때 어떤 과목을 잘했는지 생각해 보면 십중팔구 좋아하는 선생님이 가르치는 과목이었을 것이다. 어떤 일을 해서 주변 사람들과의 관계 형성에 도움이 된다고 느껴지면 그 일을 해내고자 하는 의욕이 높아진다. "난 네가 좋아하는 일이라면 뭐든지 할 수 있어."가 관계성에 기인한 동기부여다.

마지막은 자기 실력이 향상되는 즐거움을 맛보는 역량 성장을 경험할 때 내재적 동기가 증가한다. 흔히 마라톤처럼 재미없는 운동을 왜하나 싶겠지만 하다 보니 더 먼 거리를 달릴 수 있게 되는 것을 알게 되면 중독에 가깝게 빠져들게 된다.

돌이켜 보면 서인이의 경우는 이 모든 것에 해당했다. 마음껏 놀다가 공부하겠다는 선택을 스스로 했다. 학교에서 여러 선생님들과 친구들에게 주목받는 언니를 부러워하면서 공부하기로 자발적인 선택을 한 것이다(자율성). 그리고 공부를 해 보니까 독서가 바탕이 되어 노력한 만큼 성적이 오르는 즐거움을 맛보았고 그래서 공부를 더 열심히 하게 되었다(역량 성장 경험). 그리고 공부를 하는 것이 가족과 친구, 선생님과의 관계 형성에 도움이 된다는 것도 스스로 잘 알고 있었다(관계성).

나와 아내가 서인이의 내재적 동기를 키워 준 방법을 억지로 끄집어내자면 딱 하나 있다. '모른 척하기'이다. 아이가 하는 행동이 마음에 들지 않는다고 참견하거나 부모의 의견을 강요했다면 서인이의 내재적 동기는 생겨나지 않았을 것이다. 흔히 부모들은 아이가 시험 잘 보면 당근을 주고, 시험 못 보면 채찍을 들이댄다. 이런 외적 동기부여 방식은 단기적인 측면에서는 도움이 될 수 있을지 모르지만 장기전에서는 효력을 발휘하지 못한다. 모른 척하기가 결코 쉬운 일은 아니다. 혹시 잘못되면 어쩌나 하는 염려 속에 지켜보는 것은 엄격하게 지도하는 것 이상으로 힘들고 어려운 길이다. 어쩌면 내가 운이 좋아서 이만큼 아이들이 잘 컸는지도 모르겠다는 생각이 문득 들기도 한다.

공부를 길게 잘하는 힘은 공부하는 사람의 내재적 동기가 얼마나 탄탄하게 있느냐에 달려 있다. 그런 점에서 나는 서인이가 앞으로 의사가 된 이후에도 더 많은 공부를 충분히 잘 해낼 것이라 믿는다. 서인이의 내재적 동기는 순전히 혼자 만들어 낸 것이고 어느 누구도 건드릴 수 없을 만큼 견고하기 때문이다.

자기 유능감을 키워 줘라

가끔씩 나는 생각이 잘 안 나는데 아이들이 옛일을 기억해 낼 때가 있다. 서진이가 서울대학교에 합격하고 난 후 내가 서인이와 희균이에게 말했다고 한다.

"이번에 서진이가 서울대에 합격했다. 서진이가 노력한 만큼의 결과가 있어서 아빠도 무척 기쁘다. 그런데 너희들이 이것 때문에 부담을 가질 필요는 없다. 아빠는 너희들이 하고 싶은 일을 하면서 행복하게 살기를 바란다. 꼭 공부 잘해야 행복하다고 생각하지 않는다. 굳이 대학에 가려고 노력하지 않아도 된다. 자기가 하고 싶은 일을 찾아서 하면 된다."

평소 생각이 그랬기 때문에 아이들에게 한 말이었다. 나중에 들어 보니 서인이와 희균이는 그 말에 다소 반감이 생겼다고 한다.

"나도 대학 가서 하고 싶은 게 있는데, 아빠는 왜 대학을 안 가도 된다고 하시는 거야?"

아이들 말을 듣고 보니 부담을 안 준다고 한 말이 기대를 안 한다는 말로 받아들여졌을 수도 있다는 생각이 들어서 가슴이 서늘해졌다.

그러고 보니 서인이에게는 특히나 공부 잘하기를 기대하는 말을 해본 기억이 없다. 서인이가 공부보다는 다른 쪽에 재능이 있을 것이라 생각한 적도 있었다. 서인이가 초등학교 5학년 때 김포시 학생체육대회에 나가서 투포환으로 은상을 받아 왔다. 학교 체육선생님이 자꾸 서인이에게 "운동을 해 봐라."고 권유하셨다. 서인이는 싫다고 했다. 그때 내가 "투포환이 싫으면 골프를 해 보는 것은 어떠냐?"라고 부추긴 적은 있다.

서인이는 어릴 때 성적이 아주 뛰어나지는 않았다. 그런데도 본인은 한 번도 자신이 공부를 못할 거라고 생각하지 않았다고 한다. "내가 공부를 하면 언제든 잘할 수 있어."라는 자기 능력에 대한 믿음이 있었다. 이러한 자기 유능감은 나와 아내가 자존심을 대 놓고 꺾은 적이 없기 때문에 생겨난 것 같다. 사실 서인이에 대해 특별히 바라는 것이 없었다. 몸 건강하고, 학교 안 간다고 하지 않으니까 그걸로 충분했다. 무엇을 시키면 서인이가 뛰어난 아이가 될지, 공부를 더 잘하게 될 것인지를 생각하지 않았다. 현재의 서인이로 충분하다고 여기고, 그것을 아이에게 표현해 주었다.

과도한 기대를 하지 않은 것이 때로는 무관심한 것으로 오해를 살 뻔했지만 결과적으로 서인이를 훨씬 자유롭게 한 것 같다. 언젠가는 서인이가 학교에서 "이번 시험에서 반드시 성적을 올리겠어요!"라고 하니까 선생님이 웃더란다. 근거도 없으면서 막연히 성적을 올리겠다는 철없는 서인이가 귀여우셨나 보다. 그 시험에서 서인이는 진짜로 성적이 많이 올랐다. '서인이가 이렇게 공부 잘하는 애였어?'라고 주변 사람들이 깜짝 놀라는 것을 재미있어 했다. 기대하지 않았는데 좋은 결과를 가져오니까 나도 신기하기는 했다.

아이들은 공부할 때 주변의 기대에 반응한다. 과도하게 기대하는 것도, 아예 기대를 하지 않는 것도 아이의 학습을 방해한다. 아이의 능력을 폄하하는 부정적인 피드백은 아이의 자기 유능감을 떨어뜨린다. 미국의 한 통계에 따르면 아이가 초등학교부터 고등학교를 졸업할 때까지 12년 동안 교사로부터 듣는 부정적인 피드백이 1만 5천 회나 된다고 한다. 우리나라의 경우도 이보다 덜하지 않을 것 같다.

많은 부모들이 아이의 강점보다는 잘못된 것부터 지적하고 본다. 시험 성적 안 좋은 아이에게 "내가 너 공부 안 하고 놀 때 이렇게 될 줄 알았어. 너를 믿고 내버려 둔 내가 잘못이지!"라고 말하면, 그런 말을 들은 아이는 어떨까? 스스로 위축되고 자기도 모르는 사이 능력을 축

소시키고 있을 것이다. 주위에서 '너는 별 수 없다'는 반응을 계속 받게 되면 무기력이 학습된다고 한다.

서인이의 자기 유능감은 생활 속에서 얻은 것이다. 우리 집에서는 서인이를 공부 잘하는 둘째 서진이와 비교해 본 적이 없다. 특히 아내는 남의 집 아이들과 우리 아이들을 비교하지 않았다. 아, 그러고 보니 딱 한 번 있기는 하다.

"내가 ○○이네 갔더니 개네들은 밥 먹고 난 후에 빈 그릇을 스스로 설거지통에 넣더라. 너희들은 왜 안 하는 거니?"

아내가 남의 집 아이들과 우리 아이들을 비교한 것은 내 기억으로는 이 한 번이 전부다. 그 외에는 남들이 어떻게 공부하고 있는지를 듣고 와 전해 준 적도 없고, 우리 아이들의 부족함을 탓한 적도 없다.

"우리 서인이는 얼굴도 예쁜데, 힘도 세네!"

이런 우스갯소리는 자주 해 주었다. 적당한 기대와 칭찬 속에서 서인이는 '언젠가는 나도 공부를 잘할 수 있을 것'이라는 믿음을 키웠을 것이다. 아이들이 어릴수록 '엄마가 너를 사랑한다' '엄마는 네 편이다'라는 느낌을 확실히 심어 주는 것이 필요하다. 그리고 작은 일을 성취했을 때 크게 기뻐해 주고 칭찬해 주는 것도 아이가 자기 유능감을 갖는 데 도움이 된다. 자기 유능감의 가장 큰 원천은 부모가 자녀의 가능성을 진심으로 믿어 주는 데 있다.

캐나다에서 가장 성공적인 교육과정을 실행하고 있는 것으로 알려

진 지역이 온타리오 주이다. 여기에서는 언어 교육을 할 때 가장 먼저 하는 일이 '너는 언어를 성공적으로 배울 수 있다'라는 믿음을 심어 주는 것이라고 한다.

서인이가 중학교 3학년 때였다. 김포는 비평준화 지역이어서 진학할 고등학교를 미리 생각하고 공부를 했다. 서인이는 김포에서 성적이 가장 좋은 아이들이 가는 김포고를 목표로 정했다. 김포고를 가려는 친구들과 함께 시민회관 도서관에 가서 자주 공부를 했다. 서인이 친구들 중에는 "김포고는 공부 제일 잘하는 애들이 모이는 학교잖아. 나는 못할 거야."라고 스스로의 능력을 바닥에 뭉개 버리는 아이들이 있었다.

"야, 무슨 소리야. 지금부터 공부하면 되는 거지. 벌써 안 될 거라고 생각할 필요가 뭐 있어? 우리가 왜 못해!"

서인이의 큰소리가 어떤 근거였는지는 모르겠다. 다만 스스로의 능력을 믿고 해낼 수 있으리라는 자신감을 갖는 것만으로도 충분한 가치가 있다. 자기 유능감은 인생에서 위기를 겪거나 새로운 도전이 필요한 순간 큰 힘을 발휘할 테니까. 이후 서인이는 김포고등학교에 당당하게 합격했고, 그때 함께했던 친구들도 평균 10~20점씩 점수가 올라 원하는 고등학교에 입학했다.

자신만의 시험 대비 전략을 세우게 하라

희균이가 경희대 치의학전문대학원을 4개월 공부해서 합격한 것은 좀 과장해서 말하자면 '기적'이라고 한다. 오래전부터 관심을 가지고 준비한 것도 아니고, 학교 다니면서 시험 준비를 병행한 결과치고는 잘해낸 것이 분명하다. 그런데 희균이 말을 들어 보면 운 좋은 기적이 아니라 나름대로 학습전략이 좋았던 것 같다. 희균이가 DEET 시험을 보기로 결심하고 제일 먼저 했던 일은 시험의 방식과 유형을 분석한 것이다.

"치의전원 시험의 특징을 분석해서 제가 어떻게 공부할지 계획을 세웠어요. 1교시가 생물이고, 2교시가 나머지 과학 과목이었어요. 1교시, 2교시 비중은 같으니까 생물의 비중이 가장 높은 거지요. 1교시 생물 시험에 전력투구해서 전부 맞고, 2교시 화학, 물리, 유기화학 시험에서는 화학에 집중해서 화학이라도 다 맞겠다는 선택과 집중 전략을 세웠어요."

생명과학과, 예전으로 치면 생물학과를 다닌 희균이는 생물에는 나름 자신이 있었다. 그런데 화학과 물리는 자신이 없었다고 한다. 화학과 물리 기출문제를 보니 화학이 19문제로 비중이 더 높았다. 그래서 '화학이라도 잘하자'며 집중해서 공부한 것이 나중에 보니 주효했다고 한다.

희균이가 세운 수험전략은 선생님에게 배운 것도 아니고 부모에게 물은 것도 아니다. 그동안 혼자 공부하는 과정에서 깨우친 공부의 원리, 시험 보는 기술이 작용한 것이다. 학원을 다니거나 과외를 받은 적이 없는 희균이는 늘 혼자 공부를 했다. 그러다 보니 처음에는 누가 지도해 주는 사람이 없어서 학습전략이 시원치 않았는데 시행착오가 쌓이면서 독자적으로 학습전략을 수립하는 데도 일정 수준에 도달한 것 같다.

공부를 '시험 잘 보는 테크닉'으로 여기는 것은 본말이 전도된 것이다. 공부의 근본은 원리를 깨우치는 것으로, 어떤 과정을 겪든 마지막 순간에 '아, 이것이 이런 내용이었구나!'라고 원리를 깨달을 수 있어야 한다. 그래야 공부를 오래 잘할 수 있고, 두고두고 써먹을 수 있는 능력을 기를 수 있다. 한편으로, 실력이 어느 수준까지 올랐는가는 시험이란 형식으로 계속 측정하는 것이 현실이다. 아무리 실력이 있어도 그걸 시험에서 발휘할 수 없으면 실력이 없는 것으로 취급될 수밖에 없다. 돌이켜 보면 공부의 근본 원리를 강조하다 보니 학습전략과 시험 잘 보는 기술을 상대적으로 소홀히 해서 아이들에게 안 해도 될 고생을 시킨 것은 아닌가 하는 미안함이 있다.

우리 아이들은 시험 결과만으로 따지면 비슷한 실력의 동급생들보다 낫다고 할 수 없었다. 딸 셋이 모두 수능시험을 보고 와서 '평소보다 못 봤다'며 펑펑 울어 댔다. 나는 아이들이 시험 잘 보는 기술을 키우는 데 가치를 두지 않았기 때문에 그런 쪽에 별로 관심을 두지 않았다. 시험 보는 기술을 익히는 데 조금 더 신경을 썼더라면 아이들이 좀 더 수월하게 대학에 갔을지도 모르겠다.

서인이는 첫 수능시험에서 평소 모의고사보다 1백점 가까이 점수가 낮게 나왔다. 수학시험에서 막히고 나니 그다음 시간부터 감정 조절이 안 되었다. 이후에는 시험문제를 다 읽지도 못하고 답안지를 제출했다고 한다. 서인이가 재수를 한 결정적인 이유는 시험 보는 기술이 부족했기 때문이다. 테크닉이 전부인 양 떠받드는 것도 문제지만 본질을 중요시한다고 테크닉을 무시하는 것도 바람직하지 않다는 것이 아이들 공부 과정에서 내가 내린 결론이다.

공자님이 문질빈빈(文質彬彬)이란 말씀을 하셨다. 문(文)은 겉꾸밈이요 질(質)은 본바탕인데, 본바탕이 겉꾸밈을 이기면 촌스러워지고, 겉꾸밈이 본바탕을 이기면 간사해진다. 본바탕과 겉꾸밈이 조화를 이루어야(彬彬) 군자답다는 의미이다. 이런 기준에서 보자면 우리 아이들은 촌스러웠다. 공부의 본질을 추구한다고 테크닉을 소홀히 하는 것은 촌스러운 것이며 테크닉만 추구하다가 공부의 본질을 잃어버리면 겉멋만 든 것이다.

　시험전략을 얻기 위해 학원 문을 두드리고 전문가의 도움을 구하는 것이 필요할 수는 있는데, 한 가지 조심해야 할 점이 있다. 시험전략을 세우는 것을 전적으로 딴 사람에게 의존하는 것은 피해야 한다는 거다. 스스로 전략을 세우는 능력을 갖추기 위해 전문가의 도움을 받는다는 자세를 가져야 한다. 전문가가 말하는 전략은 일반론에 가까워서 나에게 맞는 전략을 선택하는 사람은 결국 나의 상황을 누구보다 잘 아는 '나'이어야 한다. 그리고 스스로 전략을 세우는 능력을 길러 나가야 대학, 대학원, 그리고 직장에서 주어지는 과제를 효과적으로 수행할 수 있게 된다. 전략을 세우는 과정 즉, 시험의 특성을 파악하고 나의 능력을 점검해서 장점을 활용하고 약점을 보완하는 방법을 찾아가는 훈련을 해서 나의 것으로 만들 수 있어야 진짜 내 실력이 된다.

　서인이는 재수를 하면서 스스로 학습일지를 썼다. 수능시험에서 한 번 실패를 맛보았기 때문에 다시 실패하는 것이 두려웠던 모양이다. 어떤 과목을 공부할 것인지, 몇 시간을 공부할 것인지 계획을 세우고 매일 결과를 기록했다. '하루 자습시간이 네 시간이었는데 조금 부족했으니 내일은 한 시간 더 늘린다'는 식이다. 이것도 서인이가 시행착오를 겪으면서 스스로 만들어 낸 학습전략이다.

언젠가 희균이가 이런 말을 한 적이 있다.

"공부를 하다 보면 출제자가 이 문제를 왜 냈는지를 알게 될 때가 있어요. 그때 재미가 생겨요. 특히 매력적인 오답을 만들어 놓고 함정에 빠지기를 기다리고 있는데, 제가 그 오답을 피해 정답으로 갈 때 엄청나게 쾌감이 있어요."

남이 알려 준 것을 받아들이기만 하는 공부를 했다면 이런 경험을 해 보기 어려웠을 것이다. 희균이는 요즘 하고 있는 치의학공부가 할수록 재미있다고 한다. 스스로 전략을 세우고, 목표에 이르는 연습을 했던 지난날, 숱한 시행착오를 겪으며 만들어 낸 학습 방식의 결과가 이렇게 나타나고 있다.

우리 아이들은 혼자 공부를 한 대신에 목표에 이르기까지 많은 시행착오가 있었다. 안타까운 일이었지만 길게 보니 시행착오도 실력이 되어 차곡차곡 쌓여 갔다. 그래서 고등학교보다 대학에서, 대학보다 대학원에서 공부를 더 잘할 수 있게 되었다고 생각한다.

국어, 영어는 '요약하기'를 하게 하라

청소년들이 쓰는 속어 중에 '공신'이라는 말이 있다. 공부를 아주 잘하는 사람, '공부의 신'을 줄인 말이다. 이 공신들에게 국어를 잘하기 위해 무엇이 가장 중요한가를 물어보았더니 가장 많은 응답이 '주제 파악 능력'이었다고 한다. 나도 같은 생각이다. 무엇에 대해 쓴 글인지, 글쓴이가 무슨 이야기를 하고자 하는 것인지 알아야 문제를 풀지 않겠는가. 이것이 '주제 파악 능력'이고 다른 말로 하자면 '개념 파악 능력'이다(개념 파악 능력을 용어의 뜻을 이해하는 것으로 보는 것은 너무 범위를 좁게 본 것이다).

영어교과서와 참고서를 개발하는 회사의 CEO를 하면서 관찰해 보니, 실무책임자들이 영어 실력 있는 사람을 뽑는 간단한 방법이 있었다. 응시자에게 한 페이지 정도 영어 칼럼을 주고 1/3 정도로 요약하라고 과제를 내주는 것이다. 그러면 응시자의 종합적인 영어 실력인 독해력(주제 파악 능력)과 작문 실력이 그대로 드러난다.

국어든 영어든 언어 공부의 실용적 목표는 상대방이 무슨 말을 왜 하는지, 자기가 옳다는 근거로 무엇을 대는지, 그게 이치에 맞는지를 파악할 줄 아는 것이다. 그리고 내가 글을 쓰고 말할 때 역시 무슨 주장을 왜 하는지를 상대방에게 조리 있게 납득시키는 능력을 갖는 것이다. 시험도 결국 이런 능력을 갖고 있는지를 알아보는 수단이기 때문에 이 원리를 알고 공부를 하면 효과를 볼 수 있다.

우리 아이들은 모두 책을 비교적 많이 읽었기 때문에 국어 공부를 체계적으로 하지 않고도 책을 읽는 과정에서 자연스럽게 언어능력이 길러졌다. 그러나 '책 많이 읽으면 다 됩니다'라고 말하는 것은 맞는 말이기는 하지만, 그것이 곧 효과적인 길을 보여 주는 것은 아니다. 내가 생각하기에 효과적인 언어영역 공부 방법 중의 하나는 바로 '요약하기'이다.

나는 지금도 주일학교에서 초등학교 2학년 아이들 교사를 맡고 있다. 아이들에게 공과(성경공부)를 가르치면서 '요약하기'를 적용해 봤는데 효과가 좋아서 학교 공부에도 도움이 되었으면 좋겠다는 생각을 해 왔다. 예를 들어 '최초의 순교자 스데반'이란 단원을 나는 이렇게 진행

한다.

"오늘 공과 주인공이 누굴까요?"

아이들 대답이 시원치 않으면, "제목에 나와 있는데…."라고 힌트를 준다. 답은 '스데반'. 공과 본문을 아이들에게 읽힌 다음 그 내용에 대해 질문을 계속한다.

"주인공은 어떤 사람이었어요? 무엇 하는 사람이었어요?"

"주인공에게 무슨 일이 일어났어요?"

"그래요. 돌에 맞았어요. 왜 돌에 맞았지요?"

아이들의 대답이 나오면 한 번 정리하고 다시 묻는다.

"이 공과를 지은 사람이 스데반 이야기를 왜 썼을까요?"

위 질문들에 나온 아이들의 대답을 이어 붙이면 '요약'이 되는 것이다. '스데반은 예루살렘 교회 집사였다. 예수님이 하나님의 아들이라고 말했다가 유대인들의 미움을 사서 돌에 맞았다. 죽어 가면서 저 사람들은 모르고 하는 일이니까 용서해 달라고 기도했다. 우리도 스데반 집사님 같은 사람이 되면 좋겠다고 지은이는 말한다.'

여기에 자기 생각까지 덧붙여 말하게 하면 두 마리 토끼를 잡는 공부법이 될 수 있다. 물론 약간의 테크닉이 필요하다. 아이들이 엉뚱한 대답을 할 때 나무라지 않고 기발한 대답이라고 격려하면서 아이들이 재미로 엉뚱한 대답을 계속하지 않도록 하거나, 중간중간 지루해할 때 대처하는 법 등등. 아무튼 요점은 '요약하기'와 '자기 생각 한 가지 말해 보기'를 통해서 언어능력을 키울 수 있다는 것이다.

이것을 집에서 적용해 본다면, 아이들에게 읽은 책을 요약해서 엄마에게 말해 보도록 하는 것이다. 물론 숙제 검사하듯이 시켜서는 안 된다. 여러 번 들은 이야기이더라도 처음 듣는 것처럼 재미있게 들어 주어야 한다.

아이의 수준이 높아지거나 학년이 올라가게 되면 책을 읽을 때 각 단락의 핵심 문장에 밑줄을 긋게 한다. 가능하면 딱 한 문장이어야 한다. 글에는 주제문이 있게 마련이어서 이렇게 하면 책에서 저자가 무슨 말을 하려고 했는지를 잘 알 수 있게 된다. 읽던 책을 덮으면 무슨 내용이었는지 까마득해진다면 이런 훈련 없이 건성으로 책을 읽어서 그런 것이다.

그다음 과정이 저자의 주장과 다른 견해가 있거나 책을 읽으면서 떠오르는 생각이 있으면 책에(포스트잇에 써도 된다) 간단하게 메모해 놓는 것이다(이 글을 쓰면서도 나는 과거에 읽은 책에 쓴 메모를 참조하고 있다). 이런 생각들이 모여 자기만의 견해가 만들어진다. 책은 깨끗이 보는 것보다는 적극적으로 보는 게 남는 게 많다. 모두가 이용하는 도서관 책이 아니면 줄을 긋고 메모를 써 넣는 독서법을 적극 권한다.

우리는 '정보 홍수의 시대'를 살고 있다. 정보가 부족하기는커녕 넘쳐 난다. 서로 상반되는 정보 중에서 어느 것을 택할 것인가 그것이 문제다. 오늘날의 정보는 대부분 만들어서 유통하는 사람이 있다. 그들이 왜, 무슨 목적으로 그 정보를 만들었는지 생각할 줄 모르면 휘둘리면서 살 수밖에 없다. 또 정보의 홍수 시대에 독특하면서도 유용한 나만의 견해가 없다면 아무리 스펙이 그럴싸해도 인정받기 힘들다. 언어교육은 남의 말과 글을 그 의도까지 파악할 줄 아는 능력을 키워 나만의 창의적인 생각을 만들어 내고 그것을 다른 사람들에게 설득하는 능력을 키우는 과정이다. 이런 근본 목적을 잊지 않고 아이들의 공부를 도와주면 크게 잘못되는 일은 없을 것이다.

수학은 끝까지 포기하지 않게 하라

지금으로부터 50여 년 전, 초등학교 3학년 겨울방학 때 경북 청송의 외갓집에 갔을 때의 일이다. 연세 드신 외삼촌이 놀러 온 친구 분에게 조카가 똑똑하다고 자랑을 하니까, 옛날에 훈장을 하셨다는 남(南)씨 할아버지가 즉석에서 내게 문제를 내셨다.

"사냥꾼이 지나가니까 마을 사람이 무엇을 잡았는지 물었지. 사냥꾼은 토끼와 꿩을 잡았는데 두두 삼십육이요 족족 구십사라고 말했대. 자, 토끼와 꿩을 각각 몇 마리 잡았다는 말일까?"

어린 나는 문제 자체를 이해할 수 없었다. 옆에 계시던 외삼촌을 쳐다보니 "토끼와 꿩의 머릿수를 합치면 36마리이고, 다리의 개수는 모두 94개라는 거야."라고 설명해 주셨다. 그럼에도 머리와 다리를 각각 어떻게 나누어 답을 구해야 하는지 막막하기만 했다. 사실 이 문제는 초등학교 3학년인 내가 풀 수 있는 수준의 문제가 아니었다. 그래도 나 때문에 외삼촌의 체면이 깎이는 것을 보고 있을 수 없어 어떻게든 문제를 풀어 보려고 머리를 굴렸다.

우선 찍어 보았다. 토끼랑 꿩을 반반씩 잡았다고 하면 토끼 18마리, 꿩 18마리이고 다리 수는 $18 \times 4 + 18 \times 2 = 72 + 36 = 108$이 된다. 이건 다리 수가 많아서 답이 아니었다. 다리 수가 적어지려면 토끼 숫자는 줄이고 꿩 숫자는 늘려야겠구나! 그럼 토끼를 16마리, 꿩을 20마리라고 해 보자. 다리 수를 계산하면 $16 \times 4 + 20 \times 2 = 104$. 이것도 아니다.

토끼는 더 적어야 하고, 꿩은 더 많아야 한다. 토끼 14마리, 꿩 22마리면…. 이런 식으로 끈기 있게 풀다가 마침내 토끼 11마리, 꿩 25마리일 때 다리 수가 94가 되는 것을 알아냈다. 시간은 오래 걸렸지만 마침내 문제를 풀 수 있었다. 그날 외삼촌 체면을 살려 드렸다는 생각에 우쭐했던 것 같다. 나중에 방정식을 배울 때 그때 일이 떠오르면서 연립방정식의 기본 개념만 알면 쉽게 풀 수 있는 문제라는 것을 알았다.

지금 생각하면 이 경험이 '수학은 끈질기게 붙들고 생각하면 풀린다'는 확신을 내게 준 계기였다. 내가 문제를 풀 때 빙긋이 웃으면서 그 과정을 지켜봐 주셨던 남씨 할아버지가 고맙고 조카가 풀 수 있을 거라고 끝까지 믿어 준 외삼촌이 고맙다. 아이들이 공부할 때 내가 겪은 것과 비슷한 경험을 한다면 수학, 쉽게 포기하지 않을 것이다. 노력하면 문제가 풀린다는 것을 아이가 확신한다면 공부하라고 잔소리 할 일도 없을 것이다.

우리 아이들은 수학 때문에 다들 고생을 했다. 이과에서는 수학 1, 2 에 미적분과 통계, 기하와 벡터까지 해야 하는데 이를 버거워했다. 희균이는 고3 때까지 다른 과목은 모두 1등급인데, 수학에서 1등급이 나오지 않아서 마음을 졸였다. 어느 조사에 의하면 수학을 어렵다고 한 학생 수가 국어를 어렵다고 한 학생 수의 7배, 영어를 어렵다고 한 학생 수의 4배에 달한다고 한다. 공부와 관련된 여러 문제는 기본적으로 수학 때문에 부딪히는 문제라고 해도 지나친 말이 아니다.

수학을 어렵게 느끼는 이유 중 첫 번째는 수학 용어 때문이 아닐까 싶다. 유리수, 무리수, 기하, 미분, 적분 등 단어만으로는 그 개념을 이해하기가 쉽지 않다. 영어로 유리수(有理數)를 'rational number'라고 하는데 '이성적인 수'가 아니라 'ratio(비율, 비례)로 나타낼 수 있는 수' 혹은 '두 정수의 비율로 나타낼 수 있는 수'라는 것을 처음 배울 때부터 알게 된다면 훨씬 더 쉽게 이해할 수 있을 것이다.

그런데 수학에서는 이 개념 파악이 공부의 절반이다. 수학으로 밥 벌어 먹지 않더라도 수학 공부를 해야 하는 이유는, 수학의 개념을 공부하면 '수학적 사고'라는 논리적 사고를 익힐 수 있기 때문이다. 개념을 제대로 공부하지 않고 문제만 잔뜩 푸는 것은 당장의 시험 점수를 높이는 데는 도움이 될지 몰라도 길게 보면 가성비가 아주 형편없는 공부 방법이다.

수학 공부가 어렵다고 느끼는 또 다른 이유는 수학이 추상적이고, 체계적이고, 논리적이기 때문이다. 수학은 눈으로 보아서 이해할 수 있는 학문이 아니다. 또한 앞 단계를 모르면 뒷단계로 나가기 어려우며, 대충 외워서 넘어갈 수 없는 과목이 수학이다.

컵 3개, 고양이 3마리, 사과 3개, 나무 3그루가 있는 장면을 생각해 보자. 컵, 고양이, 사과, 나무는 각각 크기, 성분, 색깔, 용도도 다르지만 이들 사이에 어떤 공통점이 있다는 것을 누군가 발견해서 '3'이라는 수 개념이 만들어졌다. 수 개념은 구체적 사물에서 어떤 이미지(象)를 뽑아낸(抽) 것으로부터 비롯되었다. 즉 추상적(抽象的)인 것이다.

수학의 유용성은 이 추상성에서 비롯된다. 삼각형의 세 내각의 합이 180도라는 것은 모든 삼각형의 내각을 일일이 다 재 보지 않아도 알 수 있다. 이런 추상이 있기 때문에 우주선이 몇 년 동안 우주를 날아서 혜성에 착륙한다는 복잡한 계산도 수식으로 표현해 낼 수 있는 것이다. 추상은 복잡해 보이는 세상을 단순하고 명확하게 표현해 내는 도구와 같다. 수학이 추상적이어서 어려운 만큼 최대한 구체적인 것의 도움을 받아 개념을 정립하는 것이 필요하다.

초등학교 연산에서 가장 어려운 부분이 분수 셈이다. 대학생들 중에서 '$1/2 + 1/3 = ?$'를 2/5라고 답하는 사람이 의외로 많다고 한다. 분모

끼리 더하고 분자끼리 더해서 이런 답이 나온 것이다. 이것은 분수 셈의 기본 원리를 제대로 알지 못하고 대충 넘어가는 데서 생긴 일이다.

분수를 더하거나 뺄 때 가장 중요한 것은 나누는 기본 단위 숫자가 같은가 하는 것이다. 다시 말하면, 분모가 서로 다른 분수를 같은 분모의 수로 만들어서 표현할 수 있어야 한다. 가령 피자 1/2 조각과 피자 1/3 조각은 나누는 기본 단위가 서로 같지 않기 때문에 그냥 셈하는 것이 불가능하다. 그런데 1/2＝3/6, 1/3＝2/6라는 것을 알면 계산이 가능하고 쉬워진다. 왜? 나누는 기본 단위가 같기 때문이다.

이 문제는 여섯 조각 낸 피자 3개와 여섯 조각 낸 피자 2개를 합치면 여섯 조각 낸 피자 5개(5/6)가 된다는 것을 추상화한 식이다. 여기서 제일 중요한 것은 왜 통분을 하는가를 아는 것이다. 통분은 분수를 서로 더하거나 뺄 수 있게, 나누는 기본 조각(단위)을 같게 하는 것이다. 분수 셈에서 통분을 기계적으로 하다가 그 원리를 잊어버리면 대학생이 되어도 분수 셈을 엉터리로 할 수밖에 없다.

수학은 또 철저하게 체계적이다. 시를 배울 때는 박목월을 먼저 배우고 김소월을 나중에 읽어도 상관없다. 영어 단어를 익힐 때도 apple을 먼저 외우고 banana를 나중에 외우는 게 아무런 문제가 되지 않는다. 하지만 수학은 체계적이어서 순서대로 배우지 않으면 더 깊은 개념을 이해할 수 없다. 그래서 수학은 진도를 앞서 나가는 것보다 제대로 알고 나가는 게 훨씬 중요하다. 이번 단계 개념을 철저히 학습하면 반드시 다음 단계로 넘어갈 수 있다. 이런 점에선 수학만큼 확실한 학문이 없다. 초등학교 수학문제 중에서 안 풀어지는 문제를 본 적이 있는가? 중학교도 마찬가지다. 시간이 조금 더 걸리는 부분이 있을 뿐이지 모든 영역은 결국 다 풀 수 있는 내용이다.

외고나 특목고를 가려면 선행학습이 기본이라고 주장하는 사람들이 있다. 그럴 수도 있다. 그러나 중요한 것은 '선행'이 아니다. '제대로 알고 나가는' 것이 중요하다. 제대로 알지 못하고 진도만 나간 선행은 아는 척하는 것에 불과하다. 수학은 학원 선생님의 설명을 알아듣는다고 아는 것이 아니다. 개념을 알고 있는지 테스트하는 문제의 답을 고를 수 있다고 해서 아는 것도 아니다. 기본 개념을 자신 있게 자기의 말로 설명할 수 있고, 공식을 스스로 유도해 낼 수 있을 때 비로소 '안다'고 할 수 있다.

이쯤에서 '그래, 학문으로서 수학이 중요하다는 것은 인정한다 하더라도, 사회에 나가서 도대체 어디에 수학을 써먹을 수 있단 말인가?'라고 의구심을 가질 수 있을 것이다.

자, 'a^2-b^2을 인수분해 하라'는 문제가 있다고 하자. 이 문제에서 출발점은 인수가 '공통된 부분'이라는 개념을 아는 것이고, 등식의 원리를 이해하는 것이다. 사실 이 문제를 푸는 능력은 사회에 나왔을 때 쓰일 데가 거의 없다. 그런데 이 문제를 접했을 때 각 항에 공통된 부분

(인수)이 없다는 것을 발견하고, 각 항의 요소가 다 들어간 ab를 더해 주었다가 도로 빼 주어도 전체 양에는 변함이 없으니 이 문제를 '$a^2-b^2+ab-ab$를 인수분해 하라는 문제로 바꾸어 풀 수 있겠구나'라고 생각하는 힘은 써먹을 데가 아주 많다. 사회에서 귀하게 대접받는 문제 해결력은 바로 이렇게 논리적으로 생각할 줄 아는 능력을 말한다. 이를 잘 보여 주는 게 2015년 4월 13일자 조선일보 기사이다.

> "…… 국내 대졸 취업 시장의 '쌍벽(雙璧)'인 삼성과 현대차의 인·적성 검사 당락은 '수학'에서 나뉠 것으로 보인다. 응시자들은 공통적으로 HMAT의 '공간지각', SSAT의 '시각적 사고' 분야가 가장 어려웠다고 말했다……"

> 삼성 관계자는 '이 같은 문제는 다양한 정보를 머릿속에서 취합한 후 종합적으로 사고하는 수학적 논리력을 측정하는 것'이라며 '기출문제를 달달 외우는 식으로 준비한 학생들은 어려웠을 것'이라고 말했다."

회사에서 찾고자 하는 능력은 수학문제를 기계적으로 풀어서 길러진다기보다는 수학의 기본 개념 속에 담겨진 논리적 체계를 자기화하는 과정에서 자연스럽게 얻어지는 것이다.

아이들이 엄마에게 '수학 공부를 왜 해야 해요?'라고 물을 때는 십중

팔구 '나도 수학 잘하고 싶은데, 그게 내 맘대로 안 돼!'라는 속마음을 드러내는 것이다. '수학 공부 한다고 했는데 시험 망쳤어'라거나, '수학 못한다고 나한테 화낼 거야?'라는 의미인 것이다. 이럴 때 부모는 자녀가 힘든 상태에 있다는 것을 알아주는 게 필요하다. 그래야 소통 라인이 끊어지지 않으니까. 그다음은 부모가 자녀의 가능성을 믿는 것이다. 믿어 주는 척하라는 것이 아니라 부모부터 진짜 믿어야 한다.

노력하면 좋아진다는 것을 학부모 자신도 믿지 않으면서 아이에게 강요할 수는 없다. 더 직접적으로 말하면 아이에게 주는 단기성과에 대한 압박을 줄여 주어야 한다. 아이가 일부러 수학시험 망치는 게 아니고, 스트레스 준다고 성적 올라가는 것이 아니라는 것을 안 이상, 단기간에 성적을 올리라고 아이에게 강요하는 것은 학부모의 분풀이에 가깝다.

단기목표를 현실화해서 부담을 줄여 주는 대신 어떤 경우에도 장기적인 목표는 놓지 않아야 한다. 장기적인 목표까지 내려놓는 것은 공부에 대한 기대를 접는 것과 다를 게 없다. 건성건성 넘어간 곳은 없는지 점검하면서 다시 철저하게 학습하도록 해야 한다. 수학은 실패를 극복하면서 깨달아 가는 학문이다. 어찌 보면 실패해 보려고 배우는 학문일지도 모르겠다. 역설적으로 수학은 못 풀어야 배운다. 못 푸는 걸 알고 그걸 극복해 내는 방법을 찾아내는 것이 수학을 배우는 이유다. 그렇기 때문에 문제를 못 풀었다고 금방 답을 찾아보는 것도 수학 실력을 키우는 데 별로 도움이 되지 않는다는 것을 유념해 둘 필요가 있다.

국어, 영어공부에서는 이렇게 체계적으로 실패해 보기가 쉽지 않다. 수학에서만 유일하게 이것이 가능하다. 아이들이 공부할 때 필요한 자기 유능감, 실패를 극복하는 힘은 수학공부 하는 과정에서 가장 활발하게 길러진다.

그러니 아이가 수학문제 틀렸다고 엄마가 뒷목 잡고 쓰러지지 않아도 된다. 틀리는 과정에서 아이는 투지가 생겨나고 극복하는 만큼 실력이 커진다. 아이가 지금 틀린 문제가 평생 틀릴 문제도 아니다. 이 과정만 넘어가면 틀리라고 해도 절대 틀리지 않으니 참고 기다려 주어야 한다.

'처음에는 안 풀리던 문제가 자꾸 생각하고 방법을 찾아보니까 풀어지네. 정답이 있네!'

이게 수학을 배우는 본질이다. 정말 문제가 되는 것은 틀렸는데도 감추려고 하거나 얼렁뚱땅 넘어가려고 하는 것이다. 왜 아이가 감추고 적당히 넘어가려고 하겠는가? 누군가 틀린 것에 대해 지나치게 예민하게 반응했기 때문이다. 틀렸다는 이유로 혼났기 때문이다. 수학문제 틀린 것은 혼낼 일이 결코 아니다.

우리 아이는 너무 많이 틀린다고? 배우고 익힐 게 좀 많다는 것을 의미할 뿐이니 지나치게 염려할 것 없다.

어떻게든 풀어 보겠다고 포기하지 않고 문제를 붙들고 있었던 어린 나를 끝까지 지켜봐 준 남씨 할아버지와 외삼촌처럼, 믿고 기다려 주는 부모가 있으면 아이도 끝까지 수학을 포기하지 않을 것이다.

4장

학원에서는 절대 길러 줄 수 없는 아이의 인성

인성이 실력이다

동국대 조벽 석좌교수를 회사로 모셔 강연을 들은 적이 있다. 그때 조벽 교수가 한 말 중 인상 깊었던 대목이 있다. 미국 대학에 근무할 때 마침 교수 자리가 하나 생겼다고 한다. 지원자 중 우수한 중국계 미국인이 있었는데, 경력으로 보나 논문으로 보나 나무랄 데가 없었다. 조벽 교수는 그 사람을 뽑으려고 마음먹고 있었는데, 같이 면접을 봤던 동료 교수가 한사코 반대를 했다.

"그 지원자가 아까 복도 음수대에 침 뱉는 것을 봤어요. 그런 사람이랑 같이 학생들을 가르치고 싶지 않습니다."

동료 교수의 말을 듣고 조벽 교수도 더 이상 그 지원자를 채용하자고 주장할 수 없었다고 한다. 그가 채용이 안 된 것은 공부 실력이 부족해서가 아니다. 자기 행동이 다른 사람에게 어떻게 비쳐질지 생각하는 능력이 없어서다. 한마디로 인성이 부족했던 것이다. 조벽 교수는 "인성이 실력입니다."라고 이야기를 맺으셨다. 그런 소신을 담아 얼마 전에 『인성이 실력이다』라는 제목의 책을 내셨다. 올바른 인성교육 방향에 대한 통찰이 오롯이 담겨 있는 것을 보니 반가웠다.

예전에 어느 초일류기업에서 '천재 한 사람이 만 명을 먹여 살린다'면서 전 세계를 돌며 인재를 영입하려고 애를 썼다. 초특급 인재를 얼마나 많이 확보했는가를 사장에 대한 평가의 척도로 삼았기 때문에 인재 확보에 심혈을 기울일 수밖에 없었다.

그런데 요즘은 이런 이야기가 쑥 들어갔다. 대신 '집단 지성'이란 말을 자주 듣게 된다. 뛰어난 아이디어를 가진 천재도 중요하지만 그 아이디어를 현실화하는 데는 많은 사람의 협력이 필요하다는 것을 깨달아서 그런 것이리라.

제 아무리 뛰어난 천재라 해도 혼자서는 일을 완결할 수 없는 게 우리가 사는 사회이다. 조직에서는 반드시 다른 사람과 협력해야 결과를 만들 수 있다. 만 명을 먹여 살릴 만한 아이디어를 가진 천재라도 같이 일하는 사람에 대한 이해, 배려와 같은 인성을 갖추지 못하면 그 씨앗을 꽃피울 수가 없다. 그렇기 때문에 기업이 면접에서 가장 중요시하는 것이 인성이라는 뉴스를 자주 보게 되는 것이다.

그러면 인성의 핵심은 무엇일까? 미국에서 나온 자료를 보니까 인성의 덕목으로 신뢰성, 존중, 책임감, 공정성, 배려, 시민정신 등을 들고 있다. 우리나라의 인성진흥법에서는 바람직한 마음가짐으로 예, 효, 정직, 책임, 존중, 배려, 소통, 협동 등을, 바람직한 실천 능력으로 공감하고 소통하는 능력과 갈등을 해결하는 능력을 들고 있다. 좋다는 것은 다 모아 놓은 느낌이다. 그러나 이렇게 나열만 하고 보니 정작 인성의 핵심이 무엇인지는 모호해지고 말았다.

인성은 사람들이 사회에서 서로 조화롭게 살아가는 데 필요한 덕목이다. 이를 위해서 가장 핵심적인 것은 '남이 나에게 했을 때 내가 불쾌하게 느끼는 일, 그것을 남에게 해서는 안 된다'이다. 그런 태도를 갖는 것이 인성을 갖춘 것이다.

나는 무시당하면 싫다. 그러니 타인을 괴롭히거나 무시해서는 안 된다. 다른 사람을 존중해야 한다. 타인이 규칙을 어겨서 이익을 얻는 것이 기분 나쁘다. 그러니 나도 반칙을 해서는 안 된다. 서로 공정해야 한다. 책임질 사람이 책임지지 않으면 피해가 남에게 전가된다. 그러니 자기 책임을 다해야 된다 등등.

공자님이 '기소불욕 물시어인(己所不欲勿施於人)', 즉 '자기가 원하지 않는 것을 남에게 행하지 말라'고 하셨다. 예수님은 너희가 대접받고자 하는 대로 남을 대접하라고 하셨다. 이 말씀이 바로 인성의 핵심을 나타내는 것이다.

요즘 대학 갈 때나 직장에 들어갈 때도 인성을 테스트한다니까 인성 검사 점수를 잘 받게 해 주는 학원도 생겨났다고 들었다. 이렇게 준비해 온 인성은 면접을 많이 본 전문가 앞에서는 대부분 들통이 난다. 면접관이 가장 신경 쓰는 부분이 면접자가 보여 주는 자세가 진짜 인성인지, 합격하기 위해 꾸며 낸 인성인지를 구별해 내는 것이다. 면접을 많이 해 보면 지원자의 말 속에 평소의 태도가 보인다. 물론 좋은 인성을 갖춘 것처럼 연기한 면접자가 합격하는 경우도 있을 것이다. 하지만 운 좋게 그가 시험을 통과할 수는 있어도 조직에서 인재로 성장하기는 힘들다. 함께 일하는 동료들의 평판으로 인성이 드러나기 때문이다. 인성이 갖춰지지 못한 사람은 자기만을 내세우거나, 심지어 남의 공을 가로채려는 얌체 짓을 해서 실제 모습이 언젠가는 드러나게 되어 있다.

인성은 평소에는 별다른 영향을 끼치는 것 같지 않아 보일 수도 있다. 그러나 그것은 결정적인 상황에서 작용한다. 고위 공직자들이 인사청문회를 통과하지 못하는 것도 그들의 실력이 아니라 인성 탓이다. 군대 가지 않아 시간 벌고, 부동산 투기해서 돈 벌고, 아이들 위장전입으로 좋은 학교 보냈다고 좋아했을 것이다. 남의 논문 베껴서 쉽게 학위를 따고, 세금을 안 내서 돈이 굳었다고 자랑했을 것이다. 그런데 이런 일들이 훗날 장관이 되는 길에 걸림돌이 될 줄은 당시에는 꿈에도 생각하지 못했을 것이다.

눈앞의 이익만 생각해서 남에게 피해를 주더라도 나만 잘 되면 그만이라고 생각할 수 있다. 이건 공부할 때 점수만 따는 연습을 하는 것과 비슷하다. 처음에는 성적이 오르는 것 같지만 결국에는 벽에 부딪히듯이, 제대로 인성을 기르지 못하면 결국 인간관계에서 벽에 부딪힐 수밖에 없다. 공부에서 결정적인 것이 '지식 소화 능력'이라면, 때로 고지식해 보이더라도 인성을 제대로 기르는 것이 중요하다. 내가 손해 보더라도 남에게 피해를 주지 않으려는 마음을 갖는 것이다.

공부 실력과 인성은 둘 중에 하나만 갖추면 되는 것이 아니고 둘 다 갖춰야 한다. 이익만 추구할 것 같은 기업, 그래서 실력만 중요시할 것 같은 기업도 사람을 뽑을 때는 인성을 가장 중요한 요소로 고려한다.

얼마 전 인터넷에 올라와 있던 초등학교 아이의 국어 시험지를 봤다. "헤헤, 맡있겠다. 나 혼자 먹어야지."라는 문장에서 틀린 것을 고쳐 쓰는 문제였다. 이 문제의 정답은 '맡있겠다'를 '맛있겠다'로 바꾸는 것이다. 그런데 이 아이는 '나 혼자'를 '같이'로 바꾸어 놓았다. 아이의 답은 당연히 틀린 것으로 처리되었다.

나는 맞춤법을 바르게 가르쳐 주는 것도 중요하지만, 같이 먹어야겠다는 아이의 마음에 빨간 줄을 긋지 않는 교육이 더 필요하다고 생각한다. 이 아이가 '맛있겠다'는 맞춤법을 배우고, '같이' 먹으려는 마음도 지킬 수 있는 공부를 하게 되길 진심으로 바란다.

좁은 길도 함께 가면 넓어진다

서영이가 중학교 2학년 때였다. 2학기가 시작될 무렵, 여름방학 시작할 때 성적표를 나누어 준다는 것을 문득 떠올리게 되었다. 서영이 성적표를 본 기억이 없어 "서영아, 1학기 성적표 나왔지? 가져와라."고했다. 서영이는 당황하면서 머뭇거렸다. 성적표에 보여 주고 싶지 않은 게 있는 것이 분명했다. 그동안 아빠가 성적표 보자는 소리를 안 해서 조용히 잘 넘어갔다고 생각한 모양이다.

가져온 성적표를 보니 성적이 많이 떨어져 있었다. 더욱 가관인 것은 학부모 통신란에 '성적이 많이 떨어졌습니다. 많은 지도 부탁드립니다.'라고 내 의견까지 버젓이 쓰여 있었다. 성적을 위조했다는 이야기는 들었어도 학부모 의견을 위조한 것은 문자 그대로 금시초문이었다. 어떻게 된 일인지를 물었다.

"성적이 너무 떨어져 아빠에게 보여 드리기 싫었어요."

서영이에게 이 일에 무엇이 잘못된 것인지를 물었다. 서영이는 고개를 숙이고 자기가 잘못한 점들을 이야기했다. 언니가 혼나는 것을 옆에서 보고 있던 서진이가 자수를 했다.

"아빠, 그거 제가 아빠 글씨 흉내 내서 쓴 거예요."

헛웃음이 났다. 성적 떨어진 것은 받아들일 수 있었다. 아빠에게 성적표를 보여 주지 않은 것도 이해할 수 있는 일이었다. 그러나 아빠의 의견을 위조한 것은 단단히 야단칠 일이라고 생각했다.

"아빠는 성적이 떨어진 것을 가지고 너를 혼내는 것이 아니다. 성적은 오를 수도 있고, 떨어질 수도 있어. 성적은 앞으로 네가 노력하면 얼마든지 해결할 수 있는 일이야. 네가 잘못한 것은 정직하지 못했던 것, 그것으로 너 자신은 물론 여러 사람을 속이려고 했다는 점이다."

잘못한 일에 대해 어떻게 벌을 받을 것인지 정하라고 했다. 서영이는 "열 대를 맞겠다."고 했다. 아이가 받고자 하는 만큼 벌을 주었다. 언니의 성적표 위조를 도운 서진이는 주의만 주고 체벌은 하지 않았다. 아빠 글씨를 흉내 내서 언니를 도운 것은 잘못이지만 그들만의 세계가 있었을 것이다. 그 관계까지 방해할 생각은 없었다. 또 서진이의 거짓말이 자기 이익을 위한 것은 아니라는 점도 고려해 주었다.

그 뒤로 이 일을 문제 삼은 적은 없다. 비슷한 일을 하지 않을까 의심하지 않았다. 아이를 믿었다. 아이가 부모를 속인 것은 야단맞는 게 무서워서였을 것이다. 제대로 혼내고 난 후에는 아이를 믿어야 한다. 내 아이를 믿고 또 믿어야 하는 것이 부모의 숙명 아닌가. 때로 뒤통수를 맞더라도 말이다. 서영이는 다시 그런 일을 하지 않았다. 큰애가 혼나는 것을 본 나머지 아이들도 그런 행동을 하지 않았다. 아이들은 정직하지 못했을 때 혹독한 대가를 치러야 한다는 것을 그때 체험으로 배웠을 것이다.

몇 해 전 명문사립대 로스쿨에 재학 중인 학생이 교수 연구실의 컴퓨터를 해킹한 사건이 있었다. 해킹 프로그램을 깔아 시험문제를 빼내 전 과목 만점을 받아 장학생이 되었다고 한다. 그 짓을 2학기에 또 하다가 걸려 학교에서 영구제적을 당했다. 계속해도 안 걸릴 것이라고 확신해서 그렇게 한 것일까? 걸릴지도 모르지만 쉽게 학점 따고 장학금 받은 쾌감을 이기지 못한 것일까? 달콤한 즙의 유혹 때문에 파리지옥에 걸려드는 파리 모습이 연상되었다.

공부만 잘했던 사람들이 비윤리적 행동을 하다가 몰락하는 경우를 우리는 이미 숱하게 보고 있다. 넓은 길, 잘 나가는 길인 줄 알았는데 그게 망하는 길이었다. '모로 가도 서울만 가면 된다'는 말은 틀렸다. 편법이나 불법을 저지르는 길은 처음에는 쉽고 성공으로 가는 지름길처럼 보인다. 그러나 한 번 그 길로 가기 시작하면 멈추기가 어렵다. 작은 편법을 숨기기 위해 더 큰 편법이나 불법을 동원해야만 한다. '모로 가도 서울만 가면 된다'는 사람 주변에는 어떤 사람들이 모이겠는가? 비슷한 사람이 모인다. 그래서 유유상종(類類相從)이란 말이 나온 것이다. 그 길로 가면 갈수록 자기보다 더 날고뛰는, '모로 가는' 사람들을 만나게 된다. 그러니 서울에 도착하는 게 어디 쉽겠는가?

반면 바르고 정직하게 길을 가는 사람들의 처음은 힘들다. 남들이 미련하다고, 요령이 없다고 수군거리고 손가락질하는 것도 듣고 보아야 한다. 길이 좁아 목적지도 잘 보이지 않는다. 하지만 처음만 잘 견디면 갈수록 견디는 게 쉬워진다. 길이 넓어지고 평탄해진다. 그리고 가면 갈수록 주변에는 바르게 가려고 하는 사람들이 모여들어 함께 가는 길이 즐겁다.

인성을 기르려면 참을성이 있어야 한다. 인성은 다른 사람을 위해 내 마음 내키는 대로 하지 않는 것이다. 절제하며 참고 이겨 내는 것이다. 공부할 때 문제가 풀리지 않는다고 금방 답을 봐서는 실력이 늘지 않는다. 어떻게 하면 풀 수 있을까 고민하는 과정 속에서 실력이 자란다. 인성이 길러지는 것도 마찬가지다. 내 마음대로 하고 싶은 것을 절제하고, 쉽고 편하게 가려는 마음을 이겨 내고 바른 길을 가는 과정에서 좋은 인성이 길러지는 것이다.

인성을 기르는 것은 쉽지 않은 일이다. 그러나 좋은 인성을 기르면 이루 말할 수 없이 탐스럽게 열매를 맺는다.

부모를 보면 아이 인성이 보인다

아이 인성은 거의 백 퍼센트 부모를 닮는다. 아이가 좋은 인성을 갖기 원하면 부모가 주변 사람들과 화목하고, 약한 사람을 도우면서 살면 된다. 아니 적어도 바르게 살려고 애쓰는 모습을 아이들에게 보여 주어야 한다. 아이는 부모의 삶을 보면서 자기 인성을 만들어 나간다.

언젠가 주일학교에서 가르치는 초등학교 2학년 아이가 내게 물었다.

"선생님 집은 몇 평이에요?"

그 아이가 뭘 알고 그런 말을 했을까? 아마 별 생각 없이 부모가 아파트 평수 이야기하는 것을 듣고 따라 해 봤을 것이다. 아이 부모도 아무 생각 없이 아파트 평수 이야기를 했을 것이다. 그러니 아이가 자기 말을 흉내 내서 선생님에게 몇 평에 사느냐고 물으리라고는 전혀 상상하지 못했을 것이다. 그런데 어른들은 알고 있지 않은가. 아파트 평수를 이야기할 때 은연중에 뻐김과 시샘이 교차한다는 것을. 아이의 이런 질문이 어느 순간 누구에게 상처를 줄 수도 있다는 것을 생각한다면 애들 보는 데서 말과 행동을 조심해야 한다는 것은 두말할 필요가 없을 것이다.

어느 청소년 통계조사에서 '10억 원이 생긴다면 감옥에 가겠다'는 중고등학생이 조사 대상의 56퍼센트가 넘게 나왔다. 아이들이 이렇게 된 원인이 무엇일까? 십여 년을 조금 넘게 산 아이들이 스스로 형성한 가치관은 아닐 것으로 생각한다. 나쁜 친구에게 물들어 그런 것이라고 생각하는 것은 솔직히 말해 핑계를 대는 것이다. 부모가 '10억 원이 생기면 감옥에 가도 괜찮다'는 가치관을 평소에 보였기 때문에 그런 답을 한 것으로 보는 게 타당할 것이다. 부모가 '인성이 좋아야 한다' '바르게 살아야 한다'고 말은 하지만 실제로 그렇게 사는 모습을 보이지 못한 탓이다. 부모가 평소에 '사회생활에서 절대 손해 보면 안 되고, 내신 성적 좋게 받으려면 수업 시간에 필기한 노트를 친구에게 보여 주지 말라'고 아이를 가르친 것이 그런 대답을 하게 만든 것이다.

어떤 초등학교 1학년 아이가 "우리 엄마는 매일 누워서 스마트폰 보고 있고, 아빠는 게임만 해요."라고 나에게 말했다. 아이는 아빠가 좋아하는 게임 이름까지 줄줄 읊었다. 그 아이가 부모를 흉보려고 그렇게 말한 것이 아니다. 그냥 자기가 본 것을 말했을 뿐이다. 어쩌면 게임 하는 아빠가 멋있게 보였는지도 모르겠다. 아이는 아직 선악의 판단을 제대로 하지 못하는 단계에 있다. 이런 아이에게 게임하지 말라고 하면 그 말이 이해가 되겠는가? 아이가 공부하기를 원한다면 부모가 공부하는 모습을 보여 주어야 한다. 자기는 스마트폰 보면서 애들한테는 공부하라고 다그치는 것은 어찌 보면 부모 인성에 문제가 있다. 인성은 자기가 하고 싶지 않은 것은 남에게도 시키지 않는 것 아니던가.

법륜 스님은 아이들을 '물드는 존재'라고 하셨다. 따라 배우는 존재, 모방하는 존재라는 뜻이다. 네 살부터 열세 살까지는 뭐든 따라 하고, 보는 그대로 흉내 내는 시기다. 아이를 검소하게 키우고 싶으면 엄마 아빠가 검소하게 살아야 하고, 아이를 예의 바르게 키우고 싶다면 부모가 서로 존중하는 모습을 보이라고 하셨다.

살아 보니 이 말씀이 딱 맞다. 아이는 부모가 한 행동을 보고 가치관과 세계관을 형성한다. 사춘기가 된 아이가 부모에게 반항하고 불만을 갖는 이유가 무엇일까? 부모는 그렇게 살지 않으면서 아이에게만 바르게 살고, 공부 열심히 하라고 강요하기 때문 아닌가? 초등학교 때까지는 그것을 잘 몰랐다가, 중학생이 되어 사리를 분별할 수 있게 되면 부모의 삶이 언행일치가 되는지 평가할 수 있게 된다.

법륜 스님이 자녀 문제를 상담해 주시는 것을 들어 보면 아이가 어떠한지는 묻지 않으신다. "아이가 어렸을 때, 엄마가 아빠를 미워했나요?"처럼 부모의 태도를 확인하고 답을 내놓으신다. 아이가 엇나가고 비뚤어진 것은 아이 탓이 아니라 부모의 자세에 문제가 있다고 보기 때문이다. 남편이 미워도 아이가 듣는 데서 남편 욕을 해서는 안 되는 이유다. 아빠를 미워하는 엄마를 보고 자란 아이가 다른 사람을 사랑하는 마음, 상대를 존중하는 마음을 가질 수는 없다.

부모들이 말 안 듣는 자식을 보면서 "쟤는 누굴 닮아서 저러는지 모르겠다."고 탄식하는 말, 누워서 침 뱉는 격이다. 이 말에는 자기는 안 그랬다는 전제와 배우자에 대한 비난이 섞여 있다. 아이가 누굴 닮았겠는가? 엄마와 아빠를 똑같이 닮아서 그러는 것이다.

인성은 선택의 문제가 아니다. 타인을 배려하고 함께 어울릴 수 있는 인성은 어릴 때부터 부모를 통해 길러져야 한다. 아이가 공부 못하는 친구와 놀면 "공부 도와주면서 놀아라." 하고, 공부 잘하는 친구랑 놀면 "친구에게 배울 게 많겠네!"라고 말해 주어야 한다.

인성은 한순간에 길러지는 것이 아니다. 학원 다니면서 속성으로 배울 수 없다. 인성은 지식이 아니라 습관이 된 삶의 태도이기 때문에 오랜 시간을 두고 형성되어 온 것이며 죽을 때까지 완성해 나가는 것이다. 인성은 가랑비에 옷 젖듯 생활 속에서 부모로부터 익히는 것이다. 콩나물 기를 때, 물을 주면 밑으로 다 빠져 내려가는 것 같아도 콩나물이 어느새 자라는 것같이 인성도 그렇게 커 가는 것이다. 그리고 누구도 예상하지 못하는 결정적인 순간에 불쑥 힘을 드러내게 된다.

아이도 처음, 부모도 처음

아이를 키우다 보면 첫째 아이는 누구나 시행착오를 겪는 것 같다. 우리 집에서도 서영이를 키울 때 부모로서 부족함이 많았고 실수도 있었다. 초보 부모라서 잘 키워야 한다는 마음에 큰애한테 더 엄격했고 그래서 혼내는 일도 잦았다. 동생들이 생기면서는 경험이 늘어 여유가 생겼는데, 큰애에게는 그러지를 못했다. 아이들이 다 같이 잘못해도 서영이는 첫째라서 대표로 혼나는 경우가 많았다. 중학교 때까지 회초리를 맞았으니까 억울할 만도 하다.

서영이는 자존심이 세고, 지는 것을 싫어했다. 엄마에게 맞서기도 잘해서 때로는 아내가 나에게 해결해 달라고 도움을 요청하기도 했다.

아빠에게도 지지 않고 맞서니까 나도 서영이를 다루는 것이 쉽지 않았다. 그런데 이것이 나름 학습 효과도 있었다. 일종의 반면교사라고나 할까. 아빠와 큰언니(누나)의 대립을 지켜본 동생들은 이 방법을 쓰지 않았다. 아빠에게 애교를 부리고 굽히기도 하면서 필요한 것을 얻어 냈다.

서영이가 어렸을 때 나는 회사 일이 바쁘다는 이유로 밖으로 도느라 같이할 시간이 적었다. 아내는 나 대신 서영이와 집안일을 처리해 나 갔다. 엄마의 농사일을 제일 많이 도운 것도 서영이다. 김포 농가주택 에 살 때 어느 날인가는 퇴근을 해 보니 방 안의 벽 한 면이 휑하게 뚫 려 있었다.

"뒤쪽으로 벽돌을 쌓아서 방을 넓히려고 벽을 부쉈어요."

그러니까 시멘트 벽 하나를 아내와 서영이가 망치를 들고 없앴다는 거다. 그때 서영이가 초등학교 6학년쯤이었다. 서영이는 어려서부터 어려운 일이 생겼을 때 뒤로 빼는 법이 없었다. 언제나 정면으로 맞서 일을 해결했다.

서영이가 대학에 들어가면서는 용돈을 끊었다. 대학 등록금만 내주 고 나머지는 스스로 벌어서 쓰도록 했다. 신촌 할머니 댁에서 학교를 다녀서 집세는 따로 들지 않았지만 옷을 사고, 밥을 먹는 돈은 모두 아 르바이트로 해결했다. 첫 핸드폰도 과외를 해서 번 돈으로 구입했다. 이 때문에 동생들이 불만이 많았다고 한다.

"언니가 이렇게 돈 벌어서 핸드폰을 사면, 앞으로 우리도 핸드폰 살 때 그래야 할 거 아니야?"

서영이에게 목돈을 그냥 준 것은 딱 한 번, 결혼할 때였다. 혼수를 마련할 돈 3천만 원을 준 것 말고는 전부 차용 형식으로 빌려주었다. 교사 임용 후 서영이의 첫 발령지는 의정부에 있는 중학교였다. 김포에서 의정부까지 매일 출퇴근을 하려니 차가 필요했다. 취업을 한 직후라 차를 살 수 있는 돈이 없었던 서영이는 엄마에게 빌렸다. 그리고 매달 월급을 받아서 빌린 돈을 갚아 나갔다. 결혼을 할 때 전세금도 빌려주었다. 서영이도, 서영이 신랑도 준비한 자금 없이 결혼식을 올렸다. 그래서 내가 전세금을 빌려주고 나누어 갚도록 했다. 아빠가 이자 안 받고 돈을 빌려준 것만으로도 서영이는 고마워했다. 그러고 보니 자식에게 많이 준다고 효자가 되는 것은 아닌 것 같다.

다른 애들이 대학에 다닐 때는 등록금 이외에 용돈도 좀 주고 그랬는데 서영이한테는 유난히 엄격했었다. 형편이 넉넉하지 못해서라기보다는 마음에 여유가 없어서 그랬던 것 같다. 이렇다 보니 서영이는 자립심이 엄청나다. 자립심을 키워 주기 위해 특별히 의도하고 했던 일은 아니다. 그저 대학생 정도의 성인이라면 스스로 생활을 해 나가는 경제적 능력을 갖는 것이 마땅하다고 생각했을 뿐이다.

서영이가 중학교 다닐 때 경주로 가족여행을 가기로 했다. 모처럼 온 가족이 가는 여행인데 서영이는 가지 않겠다고 했다. 혼자 남아서 공부를 하겠다는 이유를 댔는데, 그게 아닌 것을 알고 있었다. 사춘기였던 서영이가 가족들과 함께 있기 싫었던 이유가 더 컸을 것이다. 큰 맘 먹고 준비한 가족여행인데 서영이가 안 가겠다고 하니 좀 섭섭한 것은 사실이었다. 하지만 같이 가자고 권유하거나 강요는 하지 않았다. 어차피 그것도 서영이의 선택이니까 존중해 주었다.

결국 서영이만 혼자 집에 남겨 놓고 나머지 다섯 명이 여행을 갔다. 우리가 여행 중에 있을 때 김포에 비가 내렸다. 시간이 지날수록 점점 많은 비가 와서 우리 집 슬레이트 지붕에서 비가 새기 시작했다. 빗물이 집 안으로 들어와 벽을 타고 흘렀다.

이때 집에 혼자 있던 서영이가 '괴력'을 발휘했다. 슬레이트 지붕에 올라가 비닐을 덮고는 벽 쪽에 있던 가구를 전부 방 안쪽으로 밀어서 젖지 않도록 했다. 비 새는 쪽에 있던 물건들도 다른 곳으로 옮겼다. 중학교 여학생 혼자서 이 일을 했다. 억수같이 내리는 비를 맞으면서 그 많은 일을 한 서영이의 생각이 더 재미있었다. '에이, 나도 여행 따라갈걸.'이나 '왜 이런 낡은 집에 살아서 고생이야?'가 아니었다. '휴, 내가 여행 안 가기를 정말 잘 했네! 내가 없었으면 우리 집 비 새서 전부 젖었을 거 아냐?' 하는 안도였다.

교직을 선택해 졸업 후 바로 사회생활을 시작한 현실감각이나, 스물여섯 살에 결혼해 살림과 육아를 병행하고 있는 에너지도 서영이의 자립심에서 나오는 것 같다. 이런 근성은 지금 맡고 있는 물리교사직을 즐겁고 감사한 마음으로 누리게 하고 있다. 육아휴직 기간에는 청소년 상담을 공부하면서 시간을 알차게 사용했다. 이 모든 것이 서영이의 자립심에 기반한 경쟁력이다.

스칸디 맘으로 유명한 박혜란 선생이 자녀교육서를 쓴다고 하니까 아들들이 그러더란다. "어머니가 언제 우리를 키우셨어요? 우리가 스스로 자랐지!" 서영이도 그럴 거 같다. "아빠가 언제 저의 자립심을 키워 주셨어요? 아무것도 안 해 주시니까 제 스스로 살아갈 방법을 찾은 거지요!"라고 말이다.

대학은 인생의 목표를 향해 가는 과정일 뿐

가끔 현직 교사인 서영이에게 요즘 학생들에 대한 이야기를 들을 때가 있다. 서영이는 요즘 아이들의 가장 큰 문제가 '꿈이 없는 것'이라고 한다. 자기가 무엇을 하고 싶은지에 대한 목표 없이 그저 대학에 합격하는 것이 꿈을 이루는 것이라 여긴다는 것이다. 가고 싶은 대학이나 학과가 바뀌면 꿈도 그에 맞춰 바꾼다고 한다.

대학합격은 잠시의 기쁨이 될 수는 있어도 그 자체가 꿈을 이루는 것은 아니다. 대학은 인생의 목표를 향해 가는 과정일 뿐이다. 부모들이 좋은 대학에 가는 것을 지상 최대의 목표로 여기니 아이들에게 이런 현상이 생겨나는 것이 아닌가 싶다.

요즘 학생들은 '학원 중독'이 심하다는 이야기도 한다. 학원을 다니는 것이 효과가 적다는 것을 알아도 불안해서 학원을 끊지 못한다는 것이다. 학원 스케줄이 없으면 혼자서는 공부를 못하고, 공부의 고비가 닥칠 때 스스로는 해결 방법을 찾지 못한다. 공부의 모든 문제를 해결해 주는 곳이 학원이니 점점 학원에 대한 의존도가 높아지는 악순환이 일어난다.

　이것이야말로 공부에서 주객이 전도되고 있는 경우라고 본다. 학원이 부모, 학생의 고민을 대신해 줄 것이라 믿어 공부의 중심이 되고 있으니 말이다. 나는 학원에 보내는 것에 반대하지 않는다. 아이가 공부를 잘할 수 있는 방법을 찾는 데 학원, 학습지, 인터넷 강의 등 가릴 게 어디 있겠는가? 그러나 사교육은 어디까지나 보조적인 수단일 뿐 그것이 본질이 아닌데, 부모들이 종종 그것을 잊는다.

　얼마 전 조선일보에 실린 박종세 사회정책부장의 칼럼을 읽었다.

　칼럼은 서울대를 수석 입학하고 졸업한, 한국에선 자타가 공인하는 수재였던 전 서울대 교수의 고백으로 시작했다. "나는 공부에선 한국의 대표 선수라고 생각했는데, 논문을 쓰기 시작하면서 미국 학생들에게 뒤떨어진다는 것을 알았다." 미국의 명문 대학에서 박사학위를 딴 그는 논문 자격시험에서도 역시 1등을 했지만, 모르는 것을 발견해 내는 과정인 논문 작성에 들어가자 길을 잃고 헤맸다고 한다. 정답만 찾는 한국판 교육 트랙에선 챔피언이었는데, 정해진 길이 없는 지식의 벌판에 던져지자 열등생이 되고 만 것이다.

칼럼은 서울대 졸업 후 미국 명문대에서 경제학 박사학위를 딴 A대학교수의 사례도 소개하고 있다. 그는 "대학원 초기에 미국 학생들의 수학을 보면 이런 것도 모르나 싶었는데, 어느 순간 개념을 잡고 들어오니까 따라가기 힘들었다."고 고백했다. 국내에서 '수학 천재'라는 칭찬을 들으며 프랑스에서 유학한 또 다른 교수는 "어디에 쓰는지, 왜 필요한지도 모르면서 무턱대고 미적분을 풀었던 나와, 개념을 터득한 뒤접근한 외국 학생은 고등 수학에서 차이가 났다."고 말했다.

박종세 부장은 "(지금의 한국교육은) 엄청난 사교육비와 교육열로 모든 학생을 '압력밥솥' 같은 교육 시스템에 넣어 평균은 올리지만, 창의적 사고로 새로운 길을 여는 인재를 길러 내는 데는 결함이 있는 것"이라고 분석했다.

꿈도 목표도 없이 학원에서 관리해 주는 대로, 힘들 때마다 부모나 학원이 나서서 해결해 주는 방식으로 훈련된 학생이 '정해진 길이 없는 지식의 벌판'에서 살아남을 수 있을까? 엄청난 사교육과 부모의 교육열로 좋은 대학에 가는 꿈을 이룬들, 사회를 위해 혹은 자신의 발전을 위해 무엇을 해야 할지를 알지 못한다면 공부한 게 무슨 소용이 있을까?

그래서 서영이에게 "요즘 아이들이 꿈이 없고, 지나치게 학원에 의존하려는 문제를 어떻게 해결할 수 있을 것 같니?"라고 물었다. 서영이는 '방향성 있는 방임'이라고 했다.

"요즘 부모님들은 하나부터 열까지 아이의 모든 것을 해결해 주려고 해요. 심지어 학교에 찾아오셔서 자기 아이에게 유리하도록 학교정책까지 바꾸고 싶어 하는 경우도 있어요. 제가 어렸을 때 부모님이 특별히 공부를 위해 뭘 해 주지는 않았어요. 아빠는 회사 일로 바쁘셨고, 엄마는 살림하시면서 교회랑 농사일로 바쁘셨잖아요. 저희들에게 이래라 저래라 하신 적이 없었어요. 어렸을 때는 부모님이 우리에게 관심이 없다고 생각한 적도 있어요. 커서 보니까 어떻게 살라는 방향성은 보여 주셨지만 저희들을 방임하셨던 것이 오히려 더 효과적인 교육방법인 것 같아요."

서영이가 말한 '방향성 있는 방임'은 별 게 아니다. 그냥 아이가 뭘 하고 있는지를 늘 지켜보되 아이 인생에 끼어들려고 하지 않는 것이다. 엄마 아빠가 자신이 맡은 일 열심히 하고, 올바른 가치관을 실천하는 모습을 보여 주면 '방향성 있는 방임'이 된다. 그러면서 서영이는 "부모가 원하는 것과 아이가 원하는 것을 똑같이 가져가려고 하면 안 된다."고 했다. 아이가 원하는 것이 우선이지, 부모의 생각이 먼저가 아니라는 뜻이다.

그래서인지 서영이는 초등학교 1학년이 된 딸 은이가 원하면 적절한 범위 내에서 다 해 보라고 시킨다. 은이는 얼마 전 가스불을 켜고 계란 프라이를 하는 데 성공했다. 칼로 채소 자르는 일도 허락해 주었다. 채소 자르기가 생각보다 잘 되지 않으니까 은이는 실망을 했다.

"어때? 잘 되지 않지? 은이가 조금 더 커서 하면 분명 잘 될 거야. 그때 다시 해 보자!"

그 뒤로 은이는 계란프라이 하겠다고, 채소 자르겠다고 조르지 않는다. 위험하다고 못하게 말리는 것보다 아이가 직접 겪어 보고 어려움을 알게 하는 학습이 훨씬 효과가 큰 법이다.

부모가 아이에게 해 주어야 할 일은 역경을 없애 주는 것이 아니다. 인생에서 어떤 꿈을 향해 나아갈 것인지, 어떻게 노력해야 목표를 달성할 수 있는지를 보여 주는 일이다. 그게 아이 인생에서 가야 할 방향을 알려 주는 나침반이다.

5장

자식은 부모의 머리보다 태도를 닮는다

농사짓는 엄마의 저녁 8시

동창회에 갔다가 돌아온 아내가 가방을 내려놓으며 혼잣말을 한다. 무슨 일인지 궁금해서 물었더니 오늘 만났던 친구들과 있었던 일을 이야기했다.

"대학 동창들과 점심을 먹었는데 다들 엄마인 내가 하는 일 없이도 우리 애들이 명문대에 척척 붙어서 좋겠다고 하더라구요."

이야기를 더 들어 보니 음악공부를 하는 딸을 둔 친구가 매니저 겸 운전기사가 되어 아이와 고3을 같이 보내고 있다고 했단다. 그것에 비하면 아내는 아무것도 하지 않은 것 같은데 아이들을 좋은 대학에 보냈다는 부러움 섞인 말이었다.

"아니, 내가 왜 한 일이 없어요? 아이들한테 참견하고 싶은 것, 잔소리하고 싶은 것 꾹 참느라 얼마나 힘들었는데…."

아내와 나는 대학 시절 연합동아리 활동을 하다가 만났다. 뭐가 그리 급했는지 내 나이 스물다섯 살, 아내 나이 스물네 살에 결혼을 했다. 대학을 졸업하자마자 결혼해 아이 넷을 기른 아내의 삶은 무척 고단했다. 김포로 이사한 이후 아내는 더 바빠졌다. 허름한 집은 날마다 손볼 곳이 한두 군데가 아니었다.

농촌에서 오래 산 동네사람들의 눈에 보이지 않는 텃세를 이겨 내는 것도 아내의 몫이었다. 한번은 우리 집 있는 데까지 길을 낸다고 길가에 맞붙어 있는 세 집이 돈을 나누어 낸다며 우리에게 3백만 원을 내라고 했다. 아내는 길이 생긴다고 좋아하며 기꺼이 그 돈을 냈다. 그런데 나중에 알고 보니 다른 두 집은 그보다 훨씬 적은 비용을 냈다. 길 내는 비용의 대부분을 우리가 댄 셈이다.

이런 일들이 수없이 생겨도 아내는 불만을 이야기한 적이 없다. 아마 김포 농가주택으로 이사하자고 주장한 사람이 아내니, 그 책임도 자신이 져야 한다고 생각한 것 같다. 김포 생활이 조금씩 익숙해질 무렵 아내는 또 일을 벌였다.

"요 옆에 빈 텃밭 있잖아요. 그 땅 주인이 서울로 이사를 가는 바람에 땅이 비어 있는 거래요. 그 자리에서 농사를 지어 볼까 해요."

아내는 김포로 이사를 가자고 할 때처럼 눈빛을 반짝였다. 아내는 농촌에서 자라기는 했으나 농사일을 해 본 적이 없다. 어른들이 농사일 도우라고 할 때도 "농사일 안 한다."고 거절하고 혼자 공부해서 고등학교, 대학교에 진학한 사람이다. 몸집도 자그마해서 집안일 하고, 아이 넷 키우는 것도 버거운데 농사라니….

아내는 한 번 정한 일을 추진하는 데는 거침이 없다. 이것저것 생각하느라 새로운 일을 시작하는 것에 신중한 나와는 반대다. 어느 날부터 집 근처에 있는 백 평쯤 되는 밭을 고르고, 씨를 뿌리더니 농사를 짓기 시작했다. 애들 아침밥 먹이고, 차로 학교까지 데려다주고 난 후에는 텃밭으로 출근했다. 한 번도 해 본 적 없는 농사일을 남들에게 물어 가며, 시행착오를 겪어 가며 계속했다.

농사를 짓기 시작하면서 아내의 생활이 달라졌다. 저녁 8시만 되면 곤히 잠이 들어 버렸다. 하루 종일 밭에서 힘든 일을 하니 좀 피곤하겠는가? 어느새 농부의 신체리듬으로 바뀌어 버린 것이다. 아이가 고3이 되어도 아내의 일상은 변함이 없었다. 보통 수험생을 둔 엄마는 아이가 돌아올 때까지 잠을 안 자고, 아니 못 자고 기다린다고 한다. 어떤 수험생 엄마는 아이가 방에서 공부할 때 혼자 자는 것이 미안해 거실에 앉아 책을 보면서 같이 깨어 있는다는 이야기도 들었다. 하지만 아내는 우리 집 네 아이가 수험생활을 하는 동안에도 꼬박꼬박 저녁 8시면 잠이 들었다. 공부하고 돌아오는 애들을 기다려 본 적이 없다.

"내가 잠을 자는 게 왜 미안해요? 엄마가 기다린다고 공부 더 잘하나요? 각자 자기 일 열심히 하는 것이 중요하지. 아이들은 공부 잘하는 것, 나는 농사일 열심히 하는 것이 내 할 일이잖아요."

이런 엄마에 대해 애들도 전혀 불만이 없었다. 공부하고 돌아와 엄마가 곤하게 자고 있으면 부엌으로 가 간식도 꺼내 먹고 남은 공부도 했다. 엄마가 잠 안 자고 자기들을 기다리는 데서 오는 부담과 공부하라고 다그치는 눈빛이 없으니 훨씬 좋아했다.

당연히 공부해라, 책 읽어라 잔소리한 적도 없다. 아이들의 성적을 가지고 평가했던 적도 없다. 그냥 성적이 좋으면 좋은 대로, 안 좋으면 안 좋은 대로 내버려 두는 것이 아내의 교육 방식이었다. 아이들 공부에 관심을 갖고 있지만 적당히 무심하게 행동한 것이 오히려 아이들에게는 도움이 되었다. 그러면서 아이들은 엄마가 자신들이 공부하는 것에 관심이 없는 것이 아니라, 믿고 기다리는 것임을 슬슬 알아 갔다.

내가 일했던 회사에는 책을 파는 영업을 하면서 아이를 키운 주부들이 많았다. 그중에는 자식들을 반듯하게 키운 분들이 많았다. 사회적으로 성공한 사람으로 키운 분들도 꽤 많이 있었다. 그럴 수 있는 이유는 여러 가지가 있겠으나, 엄마가 열심히 사는 모습을 본 아이들이 은연중에 엄마의 행동을 닮기 때문이 아닐까 싶다.

좀 더 현실적인 이유로는 엄마가 일하느라 바빠서 아이들 행동 하나하나에 잔소리하고 참견할 시간이 없었고, 공부 봐주지 못하는 게 미안해서 사랑을 듬뿍 주었기 때문에 아이들이 잘 컸을 거라고 생각한다. 엄마의 잔소리가 없으면 아이들은 아무것도 안 할 것 같지만 실제로는 그렇지 않다는 게 내 경험이다. 엄마의 기대가 부담이 되지 않아 아이는 마음이 가볍다. 생각해 보라. 아이가 공부할 때 엄마가 거실 소파에 앉아 기다리고 있으면, 아이 마음이 어떨까?

'엄마가 나를 참 많이 사랑해서 내가 공부할 동안 저렇게 잠도 못 주무시고 나를 기다리시는구나. 정말 고맙다!'

'우리 엄마는 내가 공부하는지 안 하는지 감시하고 있는 거겠지? 먼저 주무셔도 되는데 왜 나를 기다리는 거야, 부담스럽게!'

아내가 잔소리하고 싶은 것, 참견하고 싶은 것 참고 저녁 8시에 잠든 것이 오히려 우리 아이들에게는 도움이 됐다. 엄마의 적당한 무관심으로 아이들의 공부에 대한 자율성이 훨씬 커졌다. 그러니 아내가 "내가 왜 한 일이 없어요? 얼마나 힘든 일을 해냈는데!"라고 큰소리칠 만하다.

은밀하게, 위대하게

아이가 여럿이면 때때로 더 예쁜 자식이 생긴다. 나에겐 사건사고 많은 서인이가 그랬다. 갖가지 수법을 동원해 용돈을 뜯어 가는데 알면서 속아 넘어가도 기분이 좋다.

언젠가는 서인이가 공부에 대해 스트레스를 많이 받길래 "너는 우리 집에서 힘이 제일 세잖아. 공부에 목맬 필요 뭐가 있어?"라고 위로를 했다. 진심이었다. 서인이가 공부를 좀 못해도 괜찮다고 생각했다. 이때 서인이는 충격을 받았다고 한다. "언니들한테는 공부 잘하기를 바라면서 나는 공부를 못해도 된다니!"라고 말이다. 공부 못해도 된다는 아빠의 말 때문에 서인이는 공부를 더 열심히 하게 되었다고 했다.

물어본 적은 없으나 아내에게는 막내 희균이가 더 예쁜 자식이 아닐까 싶다. 우리 어머니는 옛날 분이라 결혼할 때부터 독자인 나의 대를 이을 아들 손주를 원하셨다. 서영, 서진, 서인 내리 딸 셋을 낳으니 실망이 크셨다. 나는 이 정도 노력이면 충분하다 싶었는데 아내는 그게 아니었다. 어머니가 주는 손주 스트레스가 내가 생각했던 것보다 훨씬 컸던 모양이다. 막내 희균이가 태어나자 어머니는 대 놓고 손자와 손녀를 차별하셨다. 딸애들한테 "희균이 넘어 다니지 마라." "희균이 옷 위에 여자 옷 걸지 마라."고 하셨다. 심지어 "서인이한테 잘 해 줘라."고 당부하신 이유가 밑으로 남동생을 보았기 때문이다.

할머니가 아무리 감싸고돌아도 아빠 엄마가 단호했기 때문에 희균이는 특별한 대우를 받아 본 적이 없다. 다른 아이들도 편애에 대한 불만을 제기한 적이 없으니 우리 집 양성평등은 대체적으로 잘 실행된 것 같다. 가끔 서인이는 희균이가 할머니의 사랑을 독차지한다는 것을 알고는 이를 이용해 먹기도 했다. 자기가 먹고 싶은 과자를 희균이가 먹고 싶어 하는 것처럼 이야기해서 할머니의 주머니를 털었다.

지금 생각해 보면 어머니 덕분에 아이를 많이 낳을 수 있어서 정말 감사하다. 아내도 생각할수록 잘한 일이라 여긴다. 하지만 아이 넷을 키우는 현실은 녹록하지 않았다. 학원에 보내거나 과외를 시킬 생각도 없었지만 아이 넷의 본격적인 사교육비를 감당할 형편도 아니었다. 집과 학원이 멀어서 가기 어려웠고, 과외 선생님이 외진 김포 농가주택을 방문할 수 없었던 것이 어찌 보면 천만다행이었다.

이런 이유들 때문에 아이들이 초등학교, 중학교 시절에는 국어, 영어, 수학 학원을 보낸 적이 없다. 부족한 공부는 내가 다니던 회사에서 만든 학습지를 가지고 스스로 공부하는 방식으로 했다. 예체능 교육은 필요에 따라 학원의 힘을 빌렸다. 서울 살 때 원하는 애들을 피아노학원에 보냈고, 김포에 와서는 스포츠센터에서 수영교습을 받았다. 물론 원하는 애들만.

이렇게 학원 없이 버틸 수 있었던 또 하나의 비결은 아내가 초빙한 특별한 과외 선생님 덕분이다. 아내는 어느 날부터 돈을 적게 들이면서도 효과는 높은 특별 과외를 시작했다. 서영이와 서진이를 과외 선생으로 고용한 것이다. 이 방식은 엄마가 아이를 가르치는 것보다 훨씬 효과적이었다. 아이가 많은 우리 집의 장점을 십분 활용한 훌륭한 전략이었다고 생각한다.

당시 초등학생이던 서영이는 동생들한테 한글을 가르쳤다. 서영이에게 받아쓰기 문제를 내게 하고 채점도 시켰더니 마치 선생님이 된 듯 좋아했다. 서영이는 동생들한테 잔소리도 섞어 가며 엄격한 수업을 했다. 아내는 서영이에게 저렴한 과외비를 지급하면서 아이들의 한글 학습을 해결했다. 서진이도 동생들 과외 선생을 꽤 오랫동안 했다. 고등학생이었던 김서진 선생은 한 과목당 몇 만 원 정도의 강사비를 받고 열과 성을 다해 동생들을 가르쳤다.

이렇게 하다 보니 정작 공부가 된 것은 서진이 자신이었다. 동생을 가르치려면 자기가 먼저 문제를 풀어 봐야 하고, 가장 쉽게 설명하는 방법을 찾아내야 했기 때문이다. 서영이도 마찬가지였을 것이다. 동생들 한글을 가르치면서 자신도 국어공부를 한 셈이다.

네 아이를 키우면서 아내는 아이들의 공부에 직접 끼어들거나 참견하는 일이 거의 없었다. 언제나 안 보이는 뒤에서 아이들을 움직여 목표에 이르도록 만들었다. 희균이가 서강대 생명과학과에 다니다가 군대에 갔을 때였다. 아내는 밖에서 생명과학을 전공한 학생들이 의대에 많이 진학한다는 이야기를 듣고 왔다. 졸업 후 진로를 정하지 않은 희균이가 의학공부를 하면 어떨까 싶었던 아내는 서인이와 먼저 의논을 했다.

"서인아, 엄마가 들어 보니까 생명과학을 전공하면 의학공부 하는 데 도움이 많이 된대. 희균이도 의학 쪽으로 진로를 정하면 어떨까?"

"희균이 전공이 의학과 관련이 많지요. 그런데 희균이는 의학보다는 치의학 쪽이 더 맞을 것 같아요."

"그래? 그럼 엄마가 치의학공부 하라고 시키면 희균이가 반발할 수 있으니 네가 희균이랑 이야기를 좀 해 봐. 희균이 생각이 어떤지 묻고, 치의학도 생각해 보라고 권해 볼래?"

아내로부터 미션을 받은 서인이는 희균이의 진로상담사이자 멘토로서의 역할을 충실히 해냈다. 그때 희균이는 송탄에 있는 공군부대 치과에서 의무병으로 군복무를 하고 있었다. 군복무를 하면서 치의학에 대한 관심이 생기던 차에 의학공부 하는 누나가 미래 전망까지 이야기 해 주니 길게 고민할 것도 없었다. 아내는 희균이가 진로를 정하고 공부할 때도 잘하고 있는지 어떤지 묻지 않았다. 가끔씩 서인이를 통해 상황을 파악하는 것이 전부였다. 몇 달 뒤 희균이는 경희대 치의학전문대학원에 우수한 성적으로 합격했다.

아이 넷을 키우면서 아내와 아이들 교육을 놓고 다툰 적이 없다. 아내는 나의 생각을 늘 믿어 주었고, 언제나 아이들의 뒤에 있었다. 아내가 아이들에게 "공부 잘하면 어떤 점이 좋고, 어떻게 될 수 있다."는 이야기를 하는 것을 듣지 못했다. 공부를 하고, 안 하고는 전적으로 스스로의 선택이며 부모가 강요할 일이 아니라고 생각한 것이다.

아내는 앞에서 요란스레 아이를 끌고 나가는 것보다 훨씬 큰 리더십을 가졌다. 아이들이 보이지 않는 곳에 서서 아이들이 원하는 방향으로 나아가도록 만드는 능력 말이다. 우리 아이들이 공부 잘한다는 소리를 들으며 큰 것은 나의 교육관이나 소신이 뛰어나서가 아니다. 은밀하고 위대한 실력자 아내가 있었기에 가능했던 일이다.

내가 한 선택이라 후회하지 않아요

서진이가 한창 받아쓰기 시험을 볼 때였으니까 초등학교 2학년쯤이었던 것 같다. 하루는 서진이가 학교에서 받은 상장을 보여 주며 큰 선물을 받고 싶다고 했다. 그전에도 상장을 받아 올 때는 "잘했다."고 말해 주고 1천 원 정도의 특별 용돈을 주기도 했다. 그날 서진이는 새삼스레 큰 선물을 요구했다.

학교 친구들의 부모님은 아이가 상장을 타 오면 특별한 선물이나 큰 용돈을 주신다는 것을 들었다고 했다. 서진이 딴에는 '나는 다른 애들보다 받아쓰기도 잘하고, 상장도 여러 번 받았으니까 더 좋은 것을 요구해도 되겠다!' 싶었던 모양이다. 그 이유를 듣고 나서 나는 꽤 엄하고 진지한 표정으로 말해 주었다.

"서진아, 공부 잘해서 성적이 좋으면 엄마와 아빠는 기쁘고 네가 자랑스럽지만, 공부는 엄마와 아빠 즐거우라고 하는 일이 아니야. 너를 위한 거지. 너 자신을 위해 공부한 것을 칭찬하려고 그렇게 과한 선물을 사 줄 생각은 없다."

나중에 들어 보니 그때 아빠가 너무 정색을 하고 말해서 조금 당황했다고 한다.

"큰 장난감 한 번 얻어 보려다 아빠에게 혼난 것 같아서 그 순간에는 서운했어요. 하지만 학교에 왜 가야 하는지, 공부를 왜 해야 하는지 모르다가 그때 알았어요. 공부가 누구를 위해서 하는 것이 아니라 내가 몰랐던 것을 배우기 위해 하는 일이라는 걸 그때 정확하게 깨달았어요."

그것이 계기가 되었는지는 몰라도 서진이는 이후에는 공부 잘한 것을 가지고 엄마 아빠에게 보상받으려고 하지 않았다. 공부가 부모 위해 하는 것이 아니라 자신을 위해 하는 일이라는 것을 명확하게 인식하고 있었다.

서진이는 형제 많은 속에서도 조용하고 차분한 편이었다. 공부도 꾸준히, 열심히 하는 모범생과에 속했다. 그러나 부모 입장에서 서진이가 마냥 쉽기만 했던 것은 아니다.

우리 집에서 서진이랑 싸워서 이긴 사람이 없다. 어찌나 따박따박 논리적으로 응대하는지 어지간한 사람은 말로 서진이를 당해 내지 못한다. 누가 하기 싫은 일을 하라고 시키면 아예 손을 놓고 의욕을 잃는 스타일이다. 부모지만 서진이에게 뭔가를 이야기할 때는 항상 조심스러웠다.

남들이 들어가기 어렵다고 부러워하는 SK텔레콤에 들어가서 3년 반을 다니다가 '유학 가겠다'며 때려치울 때 "공부하기 힘들 텐데 괜찮겠니?"라고 했을 뿐이다. 나이도 두 살 어리고 학생 신분인 교회 후배와 결혼하겠다고 했을 때도 그러라고 했을 뿐이다. 평소 아이들에게 스스로 선택하고 그것에 대해 책임지라고 말했기 때문에 반대할 특별한 이유가 내게 없으면 아이의 선택을 묵묵히 지켜보는 것이 최선이라고 믿고 있다.

TV 드라마에서 보면 고3은 큰 벼슬이다. 온 집안이 고3 수험생 공부에 지장을 줄까 봐 눈치를 보느라고 절절맨다. 우리 집에서는 네 명의 아이가 고3을 보냈지만 수험생이라고 유세 떠는 아이는 하나도 없었다. 우리 집 분위기는 한마디로 '네가 고3이지, 내가 고3이냐?'이다. 혹시 그런 애가 있었다면 '그렇게 유세 떨 거면 공부하지 않아도 된다'고 했을 것이다. 서영이가 고3 때 〈허준〉이라는 드라마가 한창 인기였다. 내가 거실에서 드라마를 볼 때 서영이도 같이 봤다. 고3이 드라마볼 시간 있느냐고 한마디도 하지 않았다. 지 생각에 볼 만하니까 보는 건데 내가 뭐라고 할 것인가? 서영이는 드라마 보고 나서 한 시간 정도 자기가 알아서 공부하고 잤다.

나는 어려서부터 억지로 무엇을 하는 게 싫었다. 해야 할 일은 누가 시키기 전에 내가 알아서 했다. 잔소리 듣는 게 싫어서 그랬다. 그래서 나는 아이들을 키우면서 스스로 선택하고, 스스로 책임지라고 진심으로 말했다. 그랬으면 아이가 하는 짓이 마음에 들지 않고, 부모와 의견이 다르다고 함부로 개입해서는 안 된다. 아이가 선택하고 책임지는 만큼, 부모도 아이에게 했던 말에 책임을 지는 게 마땅한 것이다.

어렸을 때부터 스스로 결정하고 책임지는 경험을 통해 우리 아이들은 자기가 무엇을 하고 싶고, 무엇을 좋아하는지를 명확히 알고 있다. 서진이 같은 경우는 '직장생활보다 읽고 생각하고 연구하는 게 더 좋고 적성에 맞는다'며 소중한 직장을 떠날 때도 자기 확신이 분명했다.

미국에서 엄마에게 보낸 편지에서 서진이는 "부모님이 어렸을 때부터 제 결정을 존중해 주셨던 것이 좋았어요. 어려서부터 결정하고 책임지는 경험을 한 것이 어른이 된 지금도 도움이 많이 되는 것 같아요. 아직도 결정이 많이 서툴지만, 제가 한 선택에 대해서는 그게 최선이 아니더라도 부모님 탓 안 하고, 후회도 잘 안 하고, 결과를 잘 받아들이는 편이에요."라고 했다.

아이에게 '공부는 엄마 아빠 즐거우라고 하는 것이 아니라 네 인생을 잘 만들어 가기 위해 하는 것'이라고 했으면, 부모의 행동도 그에 맞아야 한다. 아이가 공부하는 데 끼어들어 이래라 저래라 하지 말아야 한다. 아이가 공부한다고 생색내는 것을 다 받아 줄 필요도 없어진다. 공부 잘하는 자식 두었다고 밖에 나가 자랑할 일도 아니다. 아이 성적을 부모 실력과 대비하여 일희일비할 필요는 더욱 없다.

사라진 80칼로리는 어디로 갔을까?

희균이는 생물과목을 좋아했다. 대학 전공도 자연스럽게 생명과학으로 정했다. 둘째 서진이까지는 나도 '무슨 전공을 정하려나?' 관심을 갖고 지켜보았는데, 셋째와 넷째는 전공을 정하고 나서 나중에 나에게 알려 주었다.

희균이가 생명과학과를 간 이유는 딱 하나였다. '생물이 재미있어서.' 입학을 해 보니 현실은 자기 생각과 조금 달랐다. 생명과학과 동기들은 의학전문대학원에 진학하기 위한 기초 지식을 쌓기 위해 온 경우가 대부분이었다. 희균이는 미래에 대한 뚜렷한 계획 없이 생명과학과에 갔다가 '내가 아무 생각 없이 생명과학과에 왔나?' 싶어 당황했다.

수업도 무슨 말인지 이해하기 어려웠고, 학교에 적응을 하지 못했다. 좋아하던 생물학 전공수업을 버거워했다. 1, 2학년 때는 전공수업 수강을 최대한 피했다. 성적은 점점 떨어졌다. 원래 희균이는 4년 전액장학생으로 대학에 합격했다. 매 학기 일정한 학점을 유지만 하면 받는 장학금이다. 1, 2학년 때 제대로 공부를 하지 않아 장학금 받는 자격을 잃게 되었다. 학비를 고스란히 내야 하는 것이 아깝기는 했지만 그것도 아이의 선택이니 아무 말 하지 않았다. 장학금 받는다는 조건으로 아이를 대학에 보낸 것은 아니지 않은가. 희균이의 방황은 입대하기 전까지 계속되었다. 학과 공부보다는 동아리 활동에 집중하면서 학교생활을 했다.

그러다가 전역하고 복학을 하면서 희균이가 달라졌다. 전공 공부를 하는 자세를 바꿨다. 시험을 보기 위한 벼락치기 공부를 하지 않았다. 시험이 있으면 최소 3, 4주 전부터 계획을 잡고 공부를 했다. 리포트를 제출할 때는 대략 2주 전부터 어떻게 쓸 것인지 글의 초안을 잡고 공부를 하면서 내용을 완성시켰다. 대략 마무리한 후에는 학교 글쓰기 센터에 가서 첨삭을 받고 고치는 과정을 몇 번 하더니 A⁺가 나왔다.

희균이는 시험을 위한 공부가 아니라 평상시에 전공 공부를 하는 것으로 습관을 바꾸었다. 천천히, 길게 공부를 하면서 이해가 되지 않던 부분이 이해가 되기 시작하더란다. 군대 가기 전에는 너무 힘들고 싫었던 생물공부가 다시 좋아지기 시작했다. 전공 분야에 시간을 많이

들이면서 공부의 깊이가 생겼다. 복학한 후에 희균이는 전공 공부에 집중하더니 다시 장학금을 받기 시작했다. 수재들이 모인다는 대학원에서도 장학금을 받아 아빠의 경제적 부담을 줄여 주었다.

지나고 보니 희균이가 대학 3학년 때까지 전공 공부를 제대로 하지 않은 것이 오히려 잘된 일인지도 모르겠다. 군대에 가 있는 2년까지 합쳐 5년 동안 희균이의 뇌는 무엇인가를 새롭게 시작하기 좋은 상태로 바뀐 것이 아닐까 싶다. 그렇지 않고는 제대하고 갑작스레 공부 자세가 바뀐 것을 설명하기 어렵다. 서인이도 비슷한 말을 한 적이 있다.

"공부를 안 하다가 나중에 하고 싶을 때 하니까 더 많이 하게 되고, 더 잘하게 되는 것 같아요."

물리학에서 '잠열(潛熱) 현상'이라는 것이 있다. 얼음을 가열하면 영하에서 온도가 올라간다. 열을 가하는 것에 비례하여 계속 올라가다가 0도가 되면 멈춘다. 열을 가하는데도 온도가 올라가지 않고 일정 시간 그대로 있다. 이때 열이 어딘가로 새고 있다고 생각하기 쉽다. 온도 변화가 없는 이유는 얼음이라는 고체 상태에서 물이라는 액체 상태로 바뀌는 데 에너지가 쓰이기 때문이다.

0도의 얼음 1g이 물로 바뀌려면 80cal의 에너지가 필요한데 이것이 '잠열'이다. 잠열은 겉보기에는 온도 변화를 일으키지 못하지만 실제로는 상태를 바꾸는 데 들어간 에너지다. 허무하게 사라진 것이 아니다. 낭비된 것이 아니라는 말이다. 그리고 얼음이 물로 상태가 완전히 바뀌고 나면 물의 온도가 다시 올라가기 시작한다. 이 현상은 물이 기체가 될 때 또 한 번 나타난다. 물이 100도가 되어도 한참 동안 계속 가열해야 수증기가 된다. 이렇게 액체에서 기체가 되는데 539cal/g의 기화열이 필요하다.

뇌에도 잠열 현상이 있는 것 같다. 뇌의 구조가 바뀌느라 겉보기에 아무런 변화도 일어나지 않는 시간 말이다. 흔히 "열심히 노력했는데 성과가 나지 않아요." 하는 아이들 중에는 이 잠열 현상 중에 있기 때문일 가능성이 높다. 얼음이 물로 바뀌려면 상당히 많은 열량과 일정 정도의 시간이 필요하듯 뇌도 그렇다. 노력이 가시적인 성과를 나타내기까지는 헛돼 보이는 노력의 시간이 있게 마련인 것이다.

입학 초기에 공부 안 한다고 희균이를 다그치지 않고 장학금 놓쳤다고 아쉬워하지 않기를 잘한 것 같다. 그때 마음대로 하도록 내버려 둔 것이 희균이가 달라지는 시간을 준 것이라 믿는다. 텅 비어 있는 시간, 아무런 변화가 일어나지 않는 것처럼 보였지만 가장 격렬하게 변화하고 있는 '잠열의 시간'이었다. 희균이가 전공 공부를 부담스러워 했던 시간, 장학금 받는 자격을 잃었던 그 시간에 희균이는 변하고 있었다. 군대에 가 있는 2년 동안이 지금의 희균이를 만드느라 열량을 소비했던 과정이었다.

그러니 성과가 느리게 나온다고, 노력한 만큼 결과가 나오지 않는다고 너무 마음 졸일 필요 없다. 노력하면 나아질 것이라는 믿음, 머리는 쓸수록 좋아진다는 성장의 믿음으로 잠열의 시간을 견디면 좋겠다. 사람이 노력한 대로 성과가 쑥쑥 나오면 공부가 무슨 문제가 되겠는가? 노력해도 뜻대로 되지 않으니 고민하고 걱정하는 것이다. 그런데 그게 다 이유가 있다는 것을 알았으니 믿고 기다려 보자는 것이다.

아이가 노력했는데도 만족스럽지 않으면 엄마들은 가던 길을 쉽게 포기해 버린다. '역시 이 방법으로는 안 되겠어!'라며 다른 학원이나 과외 선생을 찾는다. 그런 갈등 중에 있는 어머니들에게 먼저 겪어 본 사람으로서 조언해 주고 싶다.

"실망하지 마시고 조금 더 지켜보세요! 지금 아이는 공부 잘하는 뇌로 구조가 바뀌고 있는 중이에요. 그 과정을 참고 견뎌야 공부를 잘할 수 있어요. 엄마는 아이를 믿고, 아이가 계속 노력할 수 있도록 옆에서 도와주세요."라고 말이다.

논리로 설득하면 지갑을 열었다

김포 집에서 성북구 안암동에 있는 고려대학교까지 다녀야 했던 서인이는 왕복 4시간을 길에 버렸다. 1교시에 수업이 있는 날이면 아침 7시 전에 나가야 겨우 수업시간에 맞출 수 있었다. 학년이 올라갈수록 힘들어했다. 본격적으로 공부를 하고, 실습이 이어지던 때에는 며칠 동안 코피를 쏟았다. 그러던 어느 날 서인이가 면담을 요청했다.

"버스 타고, 지하철 몇 번을 갈아타고 학교 다니기가 너무 힘들어요. 이렇게 해서는 도저히 견디지를 못하겠어요. 중고차를 한 대 사 주세요."

그러면서 서인이는 자기가 그동안 얼마나 힘들었는지를 설명했다.

아이가 고생하는 것은 안쓰러웠지만 "안 된다."고 했다. 아직 대학생인데 자동차를 갖는 것은 조금 과하다 싶었다. 서인이는 크게 실망했다. 며칠 뒤 서인이가 다시 "드릴 말씀이 있어요." 했다. 이번에는 아예 뭔가를 적은 종이까지 들고 왔다.

"아빠, 제가 그동안 조사를 했어요. 학교 앞에서 자취를 하는 비용을 알아보니 보증금 1천만 원, 월세가 50만 원이에요. 그런데 중고차를 구입하는 비용은 8백만 원이고, 유지비는 30만 원 정도예요. 두 방법을 비교해 보면 자동차를 사서 집에서 통학하는 것이 더 나은 선택이라고 생각해요. 차를 사는 비용은 앞으로 제가 장학금을 받고, 과외 아르바이트를 하면 2년 내에 갚을 수 있어요."

마치 회사 직원이 사장에게 보고하듯 비교 자료를 들고 와서 차를 사 달라고 했다.

"그리고 유지비를 줄이는 방법도 제가 다 알아봤어요. 아빠 명의로 차를 사고, 저를 제2 운전자로 등록하면 보험료를 절약할 수 있어요. 기름값을 비롯한 차량 유지비용은 전부 제 용돈으로 해결할게요. 학교에 문의해서 주차료 할인 받는 방법도 알아 놓았어요."

서인이의 철저한 계획에 더 이상 안 된다고 할 수가 없었다. 서인이에게 차를 사 주는 데 또 한 가지 걸리는 게 있었다. 첫째 서영이는 엄마에게 차 값을 빌리고 갚아 나가는 식으로 차를 마련했으니 상관없지만, 둘째 서진이도 차가 없는데 셋째 아이에게 차를 사 주는 것이 마음

쓰였다.

"서진이 언니요? 걱정 마세요! 제가 언니에게 잘 설명해서 이해를 구할게요."

나중에 알고 보니 서인이는 서진이를 따로 만나 나에게 했던 것처럼 차를 사는 이유를 구구절절이 설명할 필요가 없었다. 서진이가 서인이에게 힘들게 다니느니 차를 사서 통학하는 게 좋지 않겠느냐고 먼저 권했다고 한다. 자기는 나중에 차가 필요해지면 그때 말하겠다고 하면서.

차를 사 준 뒤로 서인이는 약속대로 과외를 두 개 하고, 성적우수장학금을 받아서 차 값을 갚아 나갔다. 때로 "장학금 받으려고 공부하는 것은 본질이 흐려지는 것이다. 공부를 열심히 한 결과가 장학금이어야 한다."고 타이르기는 했지만, 속으로는 서인이가 약속을 지켜 나가는 것이 대견했다. 공부 열심히 해서 장학금을 받아 오는 것도 고마웠다.

우리 아이들은 아빠에게 무엇인가를 얻기 위해서는 설득이 필요하다는 것을 알고 있다. 원하는 것을 쉽게 얻을 수 없다는 것을 그간 수없이 경험했기 때문이다. 네 아이를 키우면서 떼쓴다고 그냥 들어준 적이 없다. 우는 아이가 창피하다고 물건을 사 주는 일도 없었다. 그것은 아이의 폭력에 부모가 굴복하는 것이다. 대신 정당한 방법으로 나를 이해시켰을 때는 흔쾌히 지갑을 열었다.

아이들이 사 달라는 물건이 있으면 왜 필요한지 설명을 해 보라고 했다. 아주 어렸을 때부터 그랬다. 논리적으로 말이 되면 들어주었다. 아주 어려서부터 이런 연습을 하니까 우리 아이들은 울고 떼쓰는 일이 거의 없었다. 그렇게 해 봐야 아빠가 들어주지 않는다는 것을 너무나 잘 알고 있었다. 어떤 물건이 필요하면 왜 그것을 사야 하는지를 생각하고, 그 비용에 해당하는 가치를 어떻게 만들어 갚을 것인지 계획을 세웠다.

그것은 논리를 만드는 연습이기도 하다. 사회생활은 논리로 다른 사람을 설득하고 이해시키는 커뮤니케이션으로 이루어진다. 말을 잘하거나 글을 잘 쓴다는 것도 결국 자기 생각을 논리적으로 펼쳐 다른 사람이 공감하게 만드는 것이다. 사소한 말싸움에서도 논리가 서 있는 자가 이기는 법이다.

이렇게 자란 서영이는 딸 은이에게 똑같이 한다. 학교 일로 며칠 동안 출장을 가게 되면, 은이에게 엄마가 어디를, 무엇 때문에 가는지를 자세히 설명해 준다. 아직 어린 은이가 제대로 이해하는지는 모르겠지만 반드시 이 과정을 거친다. 그러면 은이도 엄마가 보고 싶어도 참아야 하고, 울면 안 된다는 것을 받아들인다. 그러다 보니 이제 초등학교 1학년인 은이도 어떤 일을 할 때 자기 나름의 이유와 주장을 덧붙여 주변을 설득한다. 우리도 어린아이의 생각이지만 은이의 의견을 존중해 준다. 이렇다 보니 은이도 마구잡이로 떼쓰는 일이 거의 없다.

사회생활에서는 자기 혼자 하는 일이 많지 않다. 대부분 팀을 이루거나, 파트너와 함께 일을 수행한다. 그때 가장 기본이 되는 역량이 커뮤

니케이션 능력이다. 자기 생각을 다른 사람에게 전달하거나, 다른 사람의 이야기를 듣고 판단하는 일의 연속이다. 그때 나이나 직급으로 생각을 억누르는 것은 하수가 하는 짓이다. 정말 일을 잘하는 사람은 논리적으로 설득하고, 설득당하면서 최선의 결과를 만들어 간다.

논리가 선다는 것은 대화로 해결하는 자질을 갖추었다는 뜻이다. 논리적 사고력은 결국 책을 통해서, 일상적 체험을 통해서 익혀 갈 수밖에 없다. 요즘 인사담당자들이 가장 선호한다는 '인문학적 소양을 갖춘 공대생'이 바로 논리와 감성이 적절하게 조화된 사람이라는 뜻이다.

서영이가 유치원에 다닐 무렵엔가 화곡시장에 같이 간 적이 있다. 아이가 시장 좌판에 놓인 나비가 달린 머리핀을 가리키며 말했다.

"저 나비가 내 머리에 날아와 앉으면 참 예쁘겠다!"

서영이의 그 말에 기쁜 마음으로 지갑을 열었다. 세상에 꼭 논리만 통하는 것은 아니다. 이런 감성 앞에서는 나도 쉽게 무너진다. 누군들 그러지 않으랴.

거칠게 배우고 크게 파악한다

처음 사장을 맡은 것이 2000년이었다. 회사에서 교육벤처회사를 만들었는데, 거기에 사장으로 갔다. 그전까지 사업본부장으로 꽤 여러 가지 일을 해 봤다고 자신하고 있었다. 본부장으로 일할 때는 회장님과 사장님 밑에서 내가 맡은 영역만 책임을 지면 그것으로 충분했다. 시스템이 잘 갖추어진 회사여서 내가 맡은 부분만 잘해 내면 일 잘한다는 소리를 들을 수 있었다.

아, 그런데 사장이 되니까 그게 아니었다. 본부장 시절에는 월급날이 기다려졌는데 사장이 되고 나니 월급날이 못사는 집 제삿날 돌아오듯 하였다. 회사라고는 하지만 갖추어진 것이 하나도 없었다. 직원 채용, 관리, 하다못해 집기 비품 사는 것까지 내가 결정을 해야만 일이 진행이 되었다. 좋은 제품만 개발하면 고객이 줄을 설 줄 알았는데 아무도 우리 제품을 알아주지 않았다. 큰 맘 먹고 신문 광고를 냈는데도 브랜드가 알려지지 않아 고객 문의 전화가 오지 않았다. 돈 쓸 곳은 왜 그리 많은지, 처음에 투자 받은 돈은 어느새 흔적도 없이 사라졌다. 모기업에 가서 돈을 빌려 달라고 하는 것도 한두 번이었다. 더 손 벌릴 염치도 없었다. 돈 걱정에 잠을 제대로 이루지 못하는 날들이 많았다.

그렇게 2년을 보내고 벤처회사가 모기업에 합병되었다. 통 큰 오너는 회사를 말아먹고 들어온 나를 모기업의 대표이사를 시켰다. 돈 걱정을 겨우 면했더니 이제는 사건, 사고가 끊이지 않았다. 직원 2천 명, 영업 인력이 1만 명에 달하는 거대한 회사니까 한 사람이 20년에 한 번 꼴로 사고를 내도 회사는 매일 무슨 사건이 일어난다는 계산이 가능했다. 대표이사에게 가져오는 문제는 듣지도 보지도 못한 것들이 많았다. 밑에서 자기들끼리 처리해 보다가 잘 안 풀리는 문제를 대표에게 들고 와서 결정해 달라고 내밀었다.

그런데 이상하게도 벤처회사에 있을 때보다 힘들지가 않았다. 분명 훨씬 더 어려운 일이고 복잡하게 꼬여 있는 문제들인데도 해결하는 방법들을 하나씩 찾아냈다. 그때 벤처회사에서 밤잠 설쳐 가며 고생했던 경험이 나에게 어느새 근력이 되어 있었다. 큰 그림을 볼 줄 알게 되었다고 할까. 벤처기업에서 전체를 보면서 판단해야 했던 경험이 크게 도움이 된 것 같다. 아마 그때의 거친 경험이 없었더라면 모기업의 사장이 되었을 때 스트레스를 받아서 쓰러졌을지도 모르겠다. 그때 다시 한 번 깨달았다. 쉽게 답을 아는 것은 쉽게 없어지고, 어려운 문제를 끙끙 앓으면서 풀어 보았을 때 실력이 쌓인다는 것을 말이다. 벤처회사에서 2년 동안 고생했던 것이 나를 더 높은 경지로 올려놓았다.

아이들이 공부할 때도 고생을 해 봐야 한다. 짧은 시간에 요령껏 공부하는 것도 필요하다. 그러나 전체를 보면서 스스로 요약하고, 정리할 때 공부의 엑기스가 남는다. 쓸데없는 고생을 하라는 말이 아니다. 화학기호 외울 때는 쉽게 외우는 요령이 필요하다. 무지개 색깔 외우면서 빨강, 주황, 노랑 하는 것이 아니라 '빨주노초파남보'로 외우는 것처럼 말이다. 그런 것은 당연히 요령껏 공부하는 게 현명한 일이다.

공부에서 요령껏 외우는 것보다 더 중요한 것은 전체 구조를 익히고 체계화시키는 능력이다. 비유하자면 공부는 많은 서류를 일정한 체계를 만들어 각각 필요한 서랍장에 넣어 보관하다가 필요할 때 척척 찾아내는 것과 비슷하다. 뇌의 칸을 여럿으로 나누어 정리하는 기술, 헷갈리는 것을 나름의 기준에 맞춰 정리해 놓는 것이 공부 요령이다. 전체적인 크기나 분류를 알아야 이게 가능해진다. 큰 구조 없이 서랍 속 내용을 외우라고 하는 것은 고문이다. 영어 단어를 매일 10개씩 외우라고 하면 많이 못 외운다. 음식, 몸, 건물, 문방구처럼 나름대로 분류를 만들어 놓고 맥락 속에서 단어를 외우면 훨씬 짧은 시간에 더 많이 기억한다.

집안 살림 잘하는 사람은 자기 나름대로 정리하는 기준과 원칙이 있어서 필요할 때 물건을 잘 찾아서 쓴다. 공부 잘하는 사람은 보관해 놓았던 지식을 정리했다가 필요할 때마다 잘 뽑아 쓴다. 공부를 잘하려면 스스로 지식을 정리하는 능력이 필요하다. 시간이 들고 힘이 좀 들더라도 크게 거칠게 공부할수록 체계를 더 잘 잡게 된다. 구조화시키는 능력이 커진다는 말이다. 그리고 더 확실한 전체를 볼 줄 아는 사람은 작은 서랍 한두 개쯤 만드는 것은 일도 아니다. 특별한 선생에게만 배워야 공부 잘하고, 특정한 참고서가 있어야 공부 잘한다고 생각하지 않는 이유도 바로 이 때문이다. 전체를 알고 '아, 이거구나!'라고 깨닫는 순간 이미 공부 잘하는 길로 발을 들인 것이다.

희균이가 치의학전문대학원 시험을 볼 때 생물 시험 범위가 '생물학 전체'였다. 두꺼운 책을 처음부터 끝까지 억지로라도 한 번 보고 났더니, 전체 맥락을 이해하게 되더란다. 물론 부분적으로는 이해 안 되고 부족한 것이 있었지만 그것은 나중에 채워 넣으면 될 일이다.

그래서 공부에서 시간을 절약하는 것은 진짜로 절약하는 게 아닐 수 있다. 전체 구조를 익힐 때까지는 절대적으로 써야 할 시간이 있다. 그걸 안 하고 뛰어넘는 것은 진짜 실력으로 쌓이지 않는다. 그러나 전체를 구조화시키고 나면 그다음부터 공부는 한결 수월해진다.

끝까지 믿어 주는 사람, 그 이름은 부모

김진홍 목사님의 아들이 초등학교 3학년 때 시험을 봤다. 한 과목에서 빵점을 받아 왔다. 목사님은 시험지를 보면서 웃음이 났다. 아들이 겸연쩍었는지 목사님에게 물었다.

"아버지, 왜 웃으세요?"

"신기해서 그렇다. 어떻게 모든 문제의 정답을 피해 갈 수 있는지 정말 신기하다. 딴 뜻이 있는 것은 아니다. 허허허."

목사님은 아들이 빵점을 맞은 것이 정말 재미있으셨다고 한다. 그 뒤로 아들이 곤충 관찰에 흥미를 보이기에 〈파브르 곤충기〉 전집을 사 주었더니 재미있게 읽더란다. 아들은 책을 읽으면서 곤충의 학명을 이야기하는 등 생태에 대한 관심이 커졌다. 빵점을 받았던 그 아들은 나중에 미국 코넬대학에서 생물학 박사학위를 받은 학자가 되었다고 들었다.

그때 목사님이 빵점을 맞은 아들에게 실망했다면 이런 결과가 나오기 힘들었을 것이다. 곤충 관찰을 좋아하는 아이에게 "그럴 시간에 공부나 더 해!"라고 다그쳤다면, 목사님 아들이 생물학 박사로 성장할 수 있었을까? 아이를 발전시키는 원동력은 부모의 믿음이다. 아이가 점점 나아질 것이라 믿고 기다려 주는 '성장에 대한 믿음'이 아이를 자라게 한다.

아이가 아주 어렸을 때를 생각해 보자. 엄마는 누워만 있던 아이가 뒤집었다고 좋아하고, 기었다고 호들갑을 떨었다. 아이는 자기가 한 행동에 엄마가 박수를 치며 기뻐하는 것을 느낀다. 아이는 땀을 흘리며 더 멀리, 더 빨리 기어가는 연습을 한다. 엄마는 아이가 기는 모습을 보면서 곧 의자를 잡고 일어설 것이며, 걷게 될 것을 믿는다. 아이가 기었다고 곧바로 뛰기를 바라는 엄마는 없다. 작은 것을 이루었을 때 크게 칭찬하고 앞으로의 가능성을 믿고 기다린다.

이랬던 엄마가 아이의 학습이 시작되면 완전히 달라진다. 사소한 쪽지시험 점수에도 늘 불안해한다. 여기저기 좋은 정보가 있는지를 기웃거린다. 다른 집 애들이 어떤 학원에 다니는지, 어떤 과외 선생을 만나 성적이 올랐는지가 가장 큰 관심사가 된다. 우리 아이가 스스로 공부해서 다음에 더 잘할 것이라는 확신은 사라진 지 오래다.

부모의 믿음이 흔들리는 것은 욕심이 개입하기 때문이다. 자기 자식을 남보다 앞세우고 싶은 바람과, 뒤떨어지면 어쩌나 하는 두려움에 어쩔 줄 몰라 한다. 욕심과 두려움으로 감정이 널뛰고 있는 학부모가 할 수 있는 일은 자신이 알고 있는 방법으로 아이를 다그치는 것이다. 물론 아이의 시행착오를 줄여 주고 싶은 애틋한 마음 때문에 그렇다는 것은 안다. 하지만 아이는 그것을 '잔소리'라고 받아들인다. 아이들에게는 부모가 알려 준 경험과 방법이 별 도움이 되지 않는다.

부모가 할 일은 그게 아니다. 욕심을 절제하고 아이가 새로운 것을 시작하도록 기회를 만들어 주어야 한다. 아이가 이루는 작은 성과를 칭찬하고, 옆에서 격려하는 것으로 충분하다. 때로 좌절하면 그때마다 옆에서 아이가 반드시 해낼 수 있다는 가능성을 알려 주면 된다. 그게 아이를 믿어 주는 길이다.

물론 이게 말처럼 쉬운 일이 아니다. 나도 처음부터 기다려 주고 참았던 것은 아니다. 서영이가 초등학교 때였다. 학교에서 본 수학시험지를 보여 주는데 한숨이 절로 났다. 점수가 형편없는 것은 차치하고 아이가 수학공부를 제대로 하고 있지 않다는 것이 분명했다. 앞부분 단순 계산 문제는 어찌어찌 맞았는데, 뒤쪽 문장을 읽고 푸는 문제는 거의 틀렸다. 아이가 문제 자체를 이해하지 못하고 있었다.

화가 났지만 꾹 참았다. 문장제 문제를 읽고 설명해 주었다. 서영이는 내 말을 듣더니 "네, 알겠어요." 한다. 그래서 유사 문제를 내서 다시 풀게 했다. 풀지 못했다. 다시 문제가 요구하는 것이 무엇인지를 설명해 주고 풀어 보라고 했더니 이번에는 한술 더 뜬다. 문장 중 엉뚱한 곳에 밑줄을 긋고 있었다. 문제를 풀 때 어느 부분에 밑줄을 긋는지를 보면 그 문제의 취지를 이해했는지 아닌지를 알 수 있다. 서영이는 문제의 핵심이 전혀 아닌 곳에 동그라미까지 치더니 결국 풀지 못하고 내 눈치를 살폈다. 화를 내면서 풀어 주고는 아이에게 모진 말까지 내뱉었다.

"알겠어? 이거잖아! 이런 것도 못 풀어? 머리를 쓰란 말이야!"

그랬더니 서영이는 이번에는 더 빠르게 "네!"라고 대답을 했다. 비슷한 패턴의 문제를 하나 더 내 주었더니 서영이는 또 풀지를 못했다. 모르면서 "네네!" 대답을 하는 것에 더 화가 났다.

"왜 모르면서 아는 척해? 너 이거 하나도 모르고 있잖아?"

결국 서영이는 울음을 터뜨렸다.

"아빠가 열심히 설명해 주시는데 모른다고 하기가 미안했어요. 그래서 그냥 아는 척한 거예요. 나중에 천천히 들여다보고 혼자 공부하려고 했어요."

'아차!' 싶었다. 내가 답답한 것보다, 설명을 들어도 이해가 안 되는 서영이는 더 답답했을 것이다. 거기에 아빠가 화를 내면서 이것도 모르냐고 다그치고 있으니 내용이 머릿속에 들어올 리 없었다.

그 일을 계기로 나도 태도를 바꾸었다. 아이들이 헤매고 있는 작은 문제들은 웬만하면 그냥 두기로 했다. 혹시 시험지를 들고 오면 점수를 확인하는 정도에서 끝냈다. 틀린 문제는 아이 스스로 해결하도록 내버려 두었다. 내가 할 일은 그 문제를 대신 풀어 주는 것이 아니라는 것을 알았기 때문이다. 아빠는 아이가 다시 공부해서 제대로 풀 수 있을 때까지 기다려 주면 된다. 아이가 할 수 있을 거라고 믿으면서 말이다. 모르는 게 있으면 아빠보다는 애가 더 답답한 법이다.

부모는 아이를 사랑하는 마음에 더 많이 가르치려고 하고 틀리면 고쳐 주고 싶어 한다. 아이들 입장에서 보면 그 방법이 하나도 고맙지 않다. 부모가 혼내는 것 같고, 다그치는 것 같은 느낌이 들 뿐이다. 부모가 아이 공부를 위해 해 줄 일은 중간에 이정표를 세워 주는 것이다. 부모는 낯선 길을 가는 아이가 길을 잃지 않도록 방향을 일러 주어야 한다. 아이가 잘 볼 수 있는 곳에 표지판을 세워 놓고 '이 길로 가면 반드시 정상이 나온다'는 것만 잊지 않게 해 주면 된다. 그리고 한 발짝 떨어진 곳에서 아이들이 잘 올라오고 있는지 지켜보는 것이 현명한 부모의 역할이다.

언젠가 한라산에서 하산을 하는데 한 무리의 학생들이 지친 표정으로 올라오고 있었다. 관음사 쪽에서 올라가는 길은 산을 잘 타는 사람에게도 상당히 힘든 코스다. 헉헉거리며 산을 오르던 한 학생이 나에게 물었다.

"아저씨, 정상까지 멀었어요?"

아직 갈 길이 먼데 '다 왔다.'고 하면 거짓말이다. 그렇다고 정확한 거리를 말해 줄 필요도 없다. 산을 오르는 이들에게 필요한 것은 격려이다.

"이 길로 조금만 더 올라가면 경치 되게 좋다! 힘내고, 어서 올라가 봐!"

조금 지나면 좋은 경치를 볼 수 있다는 꿈과 희망을 주는 것이 어른이 할 일이다. 아이가 공부할 때 부모가 주어야 할 것은 설명이 아니라 믿음이다. 수학문제를 풀지 못해 내 앞에서 쩔쩔 맸던 서영이도 그 뒤로는 수학 점수 때문에 속 썩인 적은 없다. 아빠가 나서서 가르치지 않으니 오히려 혼자 틀린 문제를 들여다보고 공부를 했다. 어린 서영이는 알았던 것 같다. 아빠가 자신이 수학문제를 잘 풀 거라는 믿음을 갖고 기다리고 있다는 사실을 말이다.

부모는 아이를 끝까지 믿고, 또 믿어 주는 사람이다.

힘들어도 놓을 수 없는 부모노릇

희균이가 초등학교 1학년 때였으니까 거의 20년이 되어 가는 일이다. 사업본부장을 맡고 있었던 나는 그달에 우수한 영업실적을 낸 지국을 격려차 방문해 이야기를 나누고 있었다. 그때 아내에게 다급한 전화가 걸려 왔다.

"희균이가 교통사고를 당했어요!"

학교에서 돌아오는 길에 골목길을 지나던 트럭에 치여 병원으로 실려 갔다는 것이다.

"김포 정형외과로 갔고, 다리 수술을 한대요. 저도 지금 연락 받고

가는 길이에요. 얼른 와 주세요."

그 순간 나는 '감사합니다.'라고 기도하면서 전화를 끊었다. 다리 수술을 한다는 말은 생명에는 지장이 없다는 말이 아닌가. 감사가 절로 나왔다.

급히 병원으로 가서 병실 문을 여니 나와 눈을 마주치자마자 아이가 울음을 터뜨렸다. 측은한 마음에 아이를 달래려고 "왜 울어?" 했는데, 아이 대답이 내 말문을 막았다.

"한눈팔다가 다쳤다고 아빠한테 혼날까 봐서요."

아, 이 상황에 놀라고 아파서 우는 게 아니라 아빠한테 혼날 것을 걱정해 울다니…. 그동안 내가 잘 키운다는 명분으로 얼마나 애들을 엄격하게 대했는지 깨달았다. 첫째 아이는 엄마도 초보고 아빠도 초보라서 서투를 수도 있다지만, 넷째 아이를 키우면서도 여전히 초보티를 벗지 못하고 있었던 것이다.

그 일이 아이를 잘 키운다는 것이 무엇인지 생각해 보는 계기가 되었다. 아이의 행복을 먼저 생각하는 게 아니라 부모인 '나'의 기준에 맞춰 아이를 키웠던 것이 아닌가 크게 반성하게 되었다. 아이가 교통사고를 당하는 끔찍한 일을 겪어 보니 공부 잘하고 말 잘 듣는 것보다 중한 것이 무엇인지 알게 되었다. 그저 아이가 건강하고, 잘 뛰어노는 것이 행복이었다. 아이는 무엇을 잘해서가 아니라, 부모 곁에 있는 것만으로 기쁨을 준다. 이 세상에 존재하는 것만으로도 매일 감사할 일이다.

부모가 산소마스크를 먼저 쓰는 이유

비행기를 타면 이륙하기 전에 승무원이 비상시 대처 요령을 설명한다. 그중 위험 상황에서 산소마스크가 선반에서 떨어지면 보호자가 먼저 착용하고, 나중에 동반한 아이에게 마스크를 씌워 주라는 안내가 인상 깊었다. 상식적으로는 아이에게 먼저 산소마스크를 씌워 주는 것이 맞을 것 같은데 그렇지가 않다는 것이다. 비상시에 부모가 산소마스크를 쓰지 않아 정신을 잃게 되면 아이를 돌볼 수가 없어 두 사람 모두 위험해지기 때문이라고 한다.

자녀교육에 '올인'하는 부모들을 가끔 접하게 된다. 자기의 모든 행복을 다 희생하면서 자녀교육에 몰두하는 사람들 말이다. 오죽하면 지나친 교육비 지출로 생활이 궁핍해진 부모들을 일컫는 에듀푸어(edu-poor)라는 신조어가 생겨났을까?

이런 부모의 희생이 자녀의 입장에서 마냥 고맙지만은 않을 것이다. 만약 부모의 희생을 당연하다고 생각한다면 서글픈 일이다. 혹은 "그러게요. 누가 엄마보고 희생해 달라고 했어요?"라고 하면 정말 인생 허무해질 것 같다. 부모가 쓸 거 안 쓰면서 아이들 교육을 시키다 보면 언젠가는 보상받고 싶은 마음이 생긴다. 그것이 아이에게는 부담이 될 수 있고, 부모들의 욕심이 커지는 이유다. 그러니 부모가 불행하다고 느끼면서까지 자녀교육에 '올인'하지는 말았으면 좋겠다. 부모가 행복해야 아이도 행복해진다.

'능력불변 믿음'과 '능력성장 믿음'

자녀교육에 대한 강의를 할 때 종종 받는 질문이 있다.

"대표님의 아이들이 공부 잘하고, 좋은 대학 간 것은 책을 많이 읽어서라기보다는 엄마 아빠 머리가 좋으니까 애들도 그런 거 아닌가요?"

이 말이 영 틀린 말은 아니다. 솔직히 '머리가 나빠도 공부를 잘할 수 있다'고 말하기는 어렵다. 그러나 머리가 좋다고 꼭 공부를 잘하는 것은 아니다. 머리 좋은 것과 공부 잘하는 것은 어느 정도 상관관계가 있을지 몰라도 정확하게 비례하지 않는 것은 분명하다.

아이의 머리가 나쁘다는 것도 사회와 부모의 편견 때문에 섣부르게 낙인찍힌 경우가 많다. 아인슈타인과 에디슨은 어릴 때 공부를 잘했거나, 머리 좋다는 말을 들었던 사람들이 아니다. 하지만 어른이 된 이후에는 '천재'라고 불렸다. 그러니 '머리가 좋으면 공부 잘하고 머리가 나쁘면 공부 못한다'는 결정론적 사고는 설득력이 부족하다.

세상에는 지능과 능력에 대해 두 가지 믿음이 존재한다. 사람의 지능과 능력은 고정되어 있고 노력해도 변하지 않는다는 '능력불변 믿음'과 노력하면 지능과 능력이 향상될 수 있다는 '능력성장 믿음'이다. EBS에서 방송한 적이 있는 스탠포드대학 캐럴 드웩 교수의 연구 결론은 '믿는 대로 된다'였다. 연구에 의하면, 능력불변의 믿음을 가진 학생들의 성적은 그들의 믿음대로 제자리이거나 떨어진 반면, 능력성장의 믿음을 가진 학생들의 성적은 믿음대로 향상되었다는 것이다.

"아이들이 머리가 좋아서 공부 잘하는 것 아니에요?"라는 질문에 대한 내 대답은 이렇다.

"머리가 좋으면 공부하는 데 유리한 것은 틀림없지만 더 중요한 것은 '더 잘할 수 있다'라는 믿음을 갖고 노력하는 자세입니다. 우리 애들이 공부를 잘했다면 그건 머리가 좋아서라기보다는 자신의 가능성을 믿고 노력했기 때문이라고 생각합니다."

곁가지가 몸통을 흔들게 해서는 안 된다

공부에서 중요한 것은 지식 그 자체가 아니다. 공부를 통해 얻어야 할 것은 지식을 소화하는 능력이다. 시험 결과는 무엇을 더 공부해야 할지를 알려 주는 지표이지 공부의 목적이 될 수 없다. 시험 점수 잘 받는 것에 얽매여 공부의 재미를 상실하는 것은 본말이 전도된 것이다. 무엇인가를 깨우치는 일은 즐거운 일이고, 힘들어도 노력하면 좋은 결과가 나온다는 것을 배워 나가는 과정이 바로 공부이다. 공부의 즐거움은 어려움을 극복해 나가는 과정에서 얻어지는 것인데, 어려움 자체를 겪지 않으려고 하거나 아예 없애 버리려고 하는 것은 몸통보다 곁가지를 중요하게 생각하는 일이다.

아이의 내신 성적 올리자고 다른 아이들에게 노트를 보여 주지 말라고 시키는 것은 얼핏 이기는 길 같아도 길게 보면 지는 길이다. 당장 손해를 안 보는 게 성공하는 길 같겠지만 그런 사람을 다른 사람이 리더로 인정할 리 없다. 내가 대접받기 위해서는 다른 사람을 대접할 줄 알아야 한다는 원리를 실천하려는 성품이 인성인데, 나만 잘 살겠다고 다른 사람을 무시하거나 배려하지 않는 것은 결국 지는 길이다.

자녀교육에 성공한 사람들의 비법을 알아서 그대로 흉내 내면 우리 아이도 성공한 아이로 키울 수 있을까? 그렇지 못할 가능성이 크다. 성공한 사람에게는 비법만 있는 게 아니라 성공하는 방향이 있기 때문이다. 비법은 각자의 형편에 따라 작동할 수도 있고 그렇지 않을 수도 있으며, 또 방향이 달라지면 아예 작동하지 않을 가능성이 크다. 목적과 방향을 생각하지 않고 세부적인 방법만 흉내 내는 것은 달을 보라고 가리키는데 달은 보지 않고 손가락만 보는 것과 같다.

아이를 키우는 일은 우리 아이가 뒤처질지도 모른다는 두려움 때문에 아이를 믿지 못하고 다그치는 것을 참는 과정이다. 우리 아이가 잘 되어야 하고 승리자가 되어야 한다는 생각에 사로잡혀 뿌린 것 이상으로 거두려는 욕심을 절제하는 과정이다. 내가 잘 살기 위해서는 다른 사람을 배려하는 것이 마땅하다는 것을 부모와 아이가 함께 체험해 나가는 과정이다. 이것이 교육의 몸통이요, 나머지는 곁가지다. 그래서 부모노릇이 어렵다. 하지만 그것이 내가 이 책을 쓴 이유이기도 하다.

CEO 아빠의 부모수업

초판 1쇄 발행 2016년 12월 5일
초판 5쇄 발행 2021년 7월 27일

지은이 | 김준희
펴낸이 | 이수미
편집 | 김연희
마케팅 | 김영란
북디자인 | 이석운, 김미연
일러스트 | 최광렬

출력 | 국제피알
종이 | 세종페이퍼
인쇄 | 두성피앤엘
유통 | 신영북스

펴낸곳 | 나무를 심는 사람들
출판신고 | 2013년 1월 7일 제2013-000004호
주소 | 서울시 용산구 서빙고로 35, 103동 804호
전화 | 02-3141-2233 팩스 | 02-3141-2257
이메일 | nasimsabooks@naver.com
블로그 | blog.naver.com/nasimsabooks

ⓒ 김준희 2016
ISBN 979-11-86361-32-0 (03810)

이 책은 저작권법에 따라 보호받는 저작물이므로 저작권자와 출판사의 허락 없이
이 책의 내용을 복제하거나 다른 용도로 쓸 수 없습니다.

이 도서의 국립중앙도서관 출판시도서목록(CIP)은 서지정보유통지원시스템 홈페이지(http://seoji.nl.go.
kr)와 국가자료공동목록시스템(http://www.nl.go.kr/kolisnet)에서 이용하실 수 있습니다.
(CIP제어번호: CIP2016027417)

책값은 뒤표지에 있습니다. 잘못된 책은 바꾸어 드립니다.